EL RECICLADOR

Manuel Rijalba Palacios

EDIQUID

EL RECICLADOR

Editado por: Corporación Ígneo, S.A.C.
para su sello editorial Ediquid

Av. Arequipa 185 1380,
Urb. Santa Beatriz. Lima - Perú

ISBN: 978-612-48345-4-7

Impresión bajo demanda

Hecho el Depósito Legal en la Biblioteca Nacional del Perú N° 2020-07715
Se terminó de imprimir en noviembre del 2020 en:
ALEPH IMPRESIONES SRL
Jr. Risso Nro. 580
Lince - Lima

www.grupoigneo.com
Correo electrónico: contacto@grupoigneo.com
Facebook: Grupo Ígneo | Twitter: @editorialigneo | Instagram: @grupoigneo

Diseño de portada: Oriana Vargas
Coordinación editorial: Dayana Villa

Colección: Nuevas voces

Contenido

He transitado por el excéntrico mundo de la pedagogía y las puritanas sinrazones de la filosofía. Soy un anormal dentro de lo normal. Mi vicio es la escritura y soy adicto a la lectura. Entre palabras y notas musicales transcurre mi vida. Me apasiona narrar. Me entusiasma acariciar la guitarra. Me enamoro de las flores, de las aves, de la luna y del mar. Adoro los paisajes, los potajes y la belleza de la mujer. Sin ella no habría poesía, sin ella no habría inspiración. Hoy que me incrusto en el vientre de la literatura, desearía producir miles de acápites las veinticuatro horas del día, aunque es en el silencio nocturno que mi pluma y mis teclas visten con traje elegante, ropa sport, polleras, enaguas o simplemente deja desnuda o en ropa interior a la princesa, a la misteriosa, a la prostituta o a la gran señora: Doña Palabra.

Manuel Rijalba Palacios

A Catalino Chiroque, Arlis Córdova, Jorge Lagos, Milser Villalta, Edgar Torres, Franklin Zelada, Edú Reyes, Juan Carlos Cortéz, Ricardo Agurto, Eduardo Viera, Ana Sullón, Sonia Hidalgo, Félix Michilot, Horacio Sullón, Gabriel Robledo, Alejandro Villaseca y Milagros Uriarte

Recordar las mocedades del pasado es reciclar los mejores momentos para descontaminar la carga emocional que nos acecha.

Manuel Rijalba Palacios

PRELUDIO

Después de haber leído *Corazón* de Edmundo de Amicis, *Paco Yunque* de César Vallejo, *Cuchilla* de José Evelio Rosero y *Un tal Pedro* de José Luis Mejía, decidí imaginar y escribir esta novela a manera de memorias, animándome a relatar sucesos que ilustran dos etapas de la educación básica regular.

He aquí pasajes fantaseados y recreados, que marcan la niñez y adolescencia de soliviantados estudiantes, quedando grabados como estampa literaria para recrear la mente de quienes se dignen a dar una mirada lectora.

MI PROFESORA QUE NO FUE PROFESORA

Rafael era un recuperador primario de residuos sólidos, un trabajador que realizaba el oficio de recolectar, seleccionar y recuperar objetos y desperdicios para que otros, dueños de pequeñas empresas, los transformasen, comercializaran y reutilizaran.

Él cumplía la labor de reciclar en el primer escalón de la cadena de comercialización y recuperación de material desde que culminó la secundaria.

«Rafa es un reciclador primario de base» solían decir sus viejas amistades.

Seguía viviendo en Las Orquídeas, uno de los tantos pueblos jóvenes de la ciudad de Piura. Vivía de ese oficio y generaba sus propios ingresos a raíz del material que recuperaba mientras recorría sólidas y aglutinadas calles en busca de restos que la comunidad desechaba. Solo llevaba una enorme bolsa de tocuyo para recolectar los despojos de los vertederos y basureros. En esta diaria tarea, recolectaba objetos que entregaba para el reciclaje, aunque algunos de ellos se los atribuía.

Recogía latas de conservas, botellas vacías de gaseosa, botellas vacías de cerveza y de champaña, cartones viejos, CD, envolturas de pomadas, baterías de celulares, libros arcaicos, maletines deteriorados, útiles escolares en desuso tales como reglas, lápices, plumones, entre otros.

Cada vez que recorría calles y avenidas, se lograba distinguir por un polo anaranjado, unas babuchas y una capota azul que él solía llamar «Yoqui».

—Rebeca, alcánzame mi Yoqui, que ya me marcho a trabajar —solía decir cada amanecer.

La selección de los desechos la realizaba desde su morada, el lugar de disposición primaria. Los elegía para luego transportarlos hacia un lugar (empresa privada) donde se realizaba la selección fina y el empaquetado para una venta posterior. Allí, los jefes le cancelaban una mísera cantidad de dinero, que poco le servía para subsistir y mantener a su familia, es decir, a su esposa y sus dos hijos, de seis y diez años de edad, respectivamente.

Le habían hecho entender que el reciclaje era un proceso fisicoquímico, también mecánico, que consistía en someter una materia o un producto ya utilizado a un ciclo de tratamiento, para obtener un nuevo producto, es decir, incrementar, ampliar y recuperar los determinados recursos para volverlos a utilizar.

A través del reciclaje, Rafael lograba recuperar objetos y productos de papel, de plástico, de vidrio y de metal. Comprendió muy pronto que después de un proceso de separación, recolección e innovación, los objetos dejaban de ser residuos y se transformaban en materia prima para ser manufacturados. Es esta labor la que se transformó en oficio y economía de trabajo para él, convirtiéndose en un reciclador de base, permitiendo el progreso de economías locales para la fecundación de empleos, beneficios y ganancias para empresas particulares, entendiendo, además, el valor de impacto que esta función posee en el medio ambiente.

Él sabía que el reciclaje contribuía a la preservación del medio ambiente y a la salud de las personas. Entendía que, en una visión ecológica del mundo, el reciclaje era de suma importancia para la sociedad. Conocía muy bien que reciclar protege la naturaleza, quizá también por eso se introdujo en ese trabajo, porque le encantaba todo lo que tuviera que ver con la biósfera.

Rafael no era tonto. Algunos despojos se quedaban con él, pues conservaba los que le parecían atractivos.

—Ya veremos para qué me sirve —manifestaba.

Un lunes de otoño, recorriendo la urbanización Mirarosas, consiguió solo cartones viejos y botellas vacías. Llegó, jadeante, cerca de las tres de la tarde. Su esposa le sirvió el almuerzo. Ella le ayudaba en la economía del hogar, lavando cotidianamente ropa de los vecinos. El domicilio donde vivían era heredado de los padres de Rafael. El poco ingreso que ambos obtenían les permitía contribuir en los gastos, que no eran muchos: pago de luz, de vivienda y de agua. Sus hijos estudiaban en una escuela que no les ocasionaba muchos costos.

Rafael salía, habitualmente, desde muy temprano, entre las cinco y cinco y media de la mañana, cuando los pajarillos ya empezaban a trinar. No desayunaba al instante. Llevaba su fiambre en una mochila que era sujetada por ambos hombros, cayendo su leve peso en sus anchas espaldas. De vez en cuando se sentaba bajo un árbol o en alguna banca de cierta plazuela para degustar sus alimentos.

Cuando retornaba a su hogar, dormía la siesta de tres a seis de la tarde y regresaba a su oficio de reciclador de siete a once de la noche. La jornada era de lunes a sábado, descansando solo los domingos.

En una ocasión su recorrido fue la urbanización Las Hortensias. Sabía los días en que, desde muy temprano, llegaba el vehículo recolector de basura (martes y viernes), por eso iba los lunes y jueves en el anochecer para recoger los desechos. Sabía, también, que en las urbanizaciones donde vivía gente acaudalada desechaban material que a él le servía. Había ciudadanos que lo reconocían, obsequiándole productos de mediana calidad, entre ellos viejos juguetes.

Mientras recorría se lamentaba:

—¡Carajo! ¿Por qué no estudié una carrera?

No estudió una profesión. El vicio de las cartas, o como él comúnmente llamaba, «el casino», le conquistó. En secundaria, cada vez que salía del colegio (hoy le llaman «institución educativa»), se iba a jugar con sus vecinos un juego de cartas, llamado «golpeao». Ganaba muchas partidas. Se había enviciado.

Trabajaba, mediante el oficio de reciclador, para mantener a sus dos hijos. Luchaba para darles alimentación y estudios.

Recorriendo varios puestos comerciales, un día decidió introducirse en el mercado de anexos donde observó una librería en cuya fachada colgaba un letrero que dejaba leer, con letras doradas, la siguiente frase: «LIBRERÍA LA PROFE». Dirigió su mirada hacia el interior y observó a una mujer de gruesos anteojos y ensortijado cabello. Se quedó mirándola largo rato, tratando de recordar.

Su pensamiento se nutría de remotas imágenes de aquella década de años maravillosos, los setenta. En su mente aparecía aquel pueblo señorial y a la vez polvoriento denominado Las Orquídeas. Ese lugar, en aquel tiempo, era un arenal donde llegaron a vivir sus padres. En ese pequeño poblado, sus progenitores invadieron un terreno, construyendo en él poco a poco, hasta instalarse cómodamente. Recordaba lo que sus padres expresaban en esa época, y él disimuladamente escuchaba:

—Negra, tenemos que matricular a los churres en el único colegio que hay por acá.

—Sí, viejo, pero los llevas tú. Sobre todo a Rafaelito, que conmigo es muy malcriao.

—Ta' bien pes, pero si empieza a llorar nos lo traemos pa' la casa. A mijo nadie lo va a maltratar.

—Tú verás, Rolo...

Cuando inscribieron a Rafael por primera vez a la escuela (en aquel tiempo el término «matricular» no era muy usado), era un niño tranquilo y sereno, aunque al inicio daba ciertas pataletas cuando lo llevaban a rastrones. Tenía seis años de edad y su hermana, Azucena, le superaba en dos, es decir, la niña tenía ocho años. Los dos estudiaban en un colegio que posee el mismo nombre del pueblo. En su primer día de clases, Rafaelito, el hijo menor, armó tremendo bochorno.

Lloraba, gimoteaba y pataleaba, quizás al ver un lugar desconocido para él, o quizá por ver llorar también a otros niños, o porque casi nunca se soltaba de las faldas de su madre, o tal vez por ser un plañidero de nacimiento. En ese espacio de cuatro paredes se sentía enclaustrado. Se atemorizaba, se aterraba.

«Llorón de nacimiento» decían las vecinas de doña Roberta, madre del niño. Argumentaban, también, que su malcriadez se debía a que Rafaelito era un «embebedor» de primera; es decir, lactaba los más dúctiles pezones de unas señoras vecinas cuando su madre no podía proporcionarle el líquido elemento vital, pues desde pequeño, cuando doña Roberta enfermaba, lo dejaba encargado con tales vecinas para que le diesen de lactar. No solo lactó de una, sino de varias. Unas nueve madres, por lo menos. Es por eso que aquellas señoras atribuían esa conducta a tal situación: «Mamón», «llorón de nacimiento», le decían.

Al presente, en la mente de Rafael, aparecía aquella profesora: una joven de veinticuatro años, muy circunspecta y jovial. Usaba lentes y tenía el cabello crespo. «A ver, mis amores, vamos a jugar» gritaba la maestra en el aula.

También afloraba nebulosamente en su imaginación el retrato de su padre, que en aquel remoto momento de clases observaba por la ventana del aula el movimiento de su hijo, al igual que otros progenitores.

Don Rolando, que al ver a su pequeño vástago con lágrimas en los ojos regresaba a mirarlo tristemente, optó por retirarlo y llevárselo de esa escuela.

—Señores, por favor, retírense —había dicho la profesora, pero don Rolando hizo caso omiso.

—Ah, cojudas de mierda. Como no son sus hijos... —balbuceó y se marchó con su retoño en brazos.

Su hija, Azucena, que cursaba un grado más y era más disciplinada, permanecía en compañía de su madre, doña Roberta, en otra aula de aquella institución educativa.

Cierto día, mientras don Rolando viajó a Huancabamba —un lugar de la sierra de Piura—, durante una semana, por motivos de trabajo (era agricultor empírico), doña Roberta se armó de valor y dio tremenda tanda a Rafaelito. Lo llevó a rastrones hacia la escuela. Ya en el aula, lo dejó «abandonado». Fue allí que el pequeño se fue calmando poco a poco, aunque se podía leer en su rostro y en el de algunos infantes la desesperación por salir corriendo a sus respectivas casas. Sin embargo, un pequeño porcentaje de alumnos estaba ya en silencio.

¿Qué importaría lo que la maestra realizase en el primer día de clases?

Alguna que otra madre preguntaba:

—¿Y a qué hora recojo a mijo, maestra? —ahora los alumnos y padres de familia dicen *miss*, antes decían *señorita* o *maestra*.

—A las doce, señora —había respondido la profesora.

Allí se quedaron los infantes, enclaustrados hasta esa hora. Era el nivel de transición (hoy le llaman jardín, inicial o nido).

—¡A callarse, mis amores! —decía una y otra vez la profesora.

No existía didáctica, no se efectuaban juegos bonitos. Solo cantaban y observaban figuras geométricas para dibujarlas, recortarlas y pegarlas en cartón. A los colegiales se les proporcionaba plastilina, goma, tijeras... material de trabajo que los niños pensaban: «es de la señorita».

¡Qué ingenuos! Era la inversión de sus mismos padres, pues ellos habían entregado ese material de estudio al inicio del año escolar.

Se supo porque cierta vez llegó una madre de familia a reclamarle a la profesora sobre un material educativo que había entregado para que utilizara su pequeña hija, pero se dio con la sorpresa de que estos útiles escolares eran también utilizados por otro niño, es decir, a medias (mitad y mitad, como suelen decir los alumnos); y es que el niño era huérfano. No tenía padres, solo «una cholita». Los vecinos habían dicho que lo recogió en una caja de leche Gloria vacía cuando era pequeño: lo habían abandonado en la puerta de su hogar a los diez días de haber nacido.

Si la profesora había hecho aquello, es decir, compartir el material educativo con otros niños, «estaba muy bien» —habían manifestado los padres, pero estuvo mal cuando descubrieron que hurtaba los útiles. Se llevaba de todo un poco.

De cada niño inscrito sustraía algo diferente: reglas, lápices, pintura, témperas, plastilina, borradores, crayolas, fólderes y muchos objetos didácticos, que, según se investigó y comprobó, eran para sus dos menores hijos, que estudiaban en otra escuela de la ciudad (se supone, mejor institución educativa). Lo cierto es que expulsaron a la profesora.

—Rolo, acaban de botar a la señorita.

—¿Cuál señorita?

—A la profesora de Rafael.

—¿Por qué?

—Porque se llevaba los útiles de los alumnos.

—Ta' bien, carajo, por ladrona —arguyó don Rolando.

Rafael, dentro del mercado de anexos, intermitente en su labor de reciclador, frente a aquella librería se sorprendió y se preguntó:

—¿Ve? ¿Que no es esa mi profesora... que no fue profesora? ¿A qué se dedica? Parece que los años no pasaron por ella. Está igual, como el día que la despidieron —se dijo a sí mismo Rafael.

Claro que la reconocía. Los cuarenta años que habían transcurrido en el rostro de aquella cleptómana parecían no haber hecho efecto. Podría tener sesenta y cinco años de edad, pero para Rafael y para cualquiera que la mirase aparentaba un poco menos de cincuenta años.

Allí estaba, detrás de un mostrador, recibiendo el dinero de las compras. Había colocado unas agraciadas jovencitas para que le ayudaran a atender al público. La librería era de ella y se ubicaba en el anexo del mercado modelo. Librería «La Profe». Era «librería», pero no vendía ningún tipo de libro, solo útiles escolares, juguetes y algún otro ornamento para decoración.

En ese lugar se podía encontrar desde un lápiz, una regla, una témpera, un borrador hasta un corrector, un plumón o un folder manila.

—¡Vaya, vaya! La señorita Méndez se dedica a vender útiles escolares. ¡Quién lo diría! —se dijo finalmente Rafael.

LAS CALAVERAS

Transitando por la Av. Luis Ortega de la urbanización Los Albores, Rafael observó una escena que le impactó. Se sintió mal. Una joven madre de familia, de unos veinticinco años de edad, maltrataba a uno de sus vástagos. Le daba de coscorrones en la cabeza. «Mollera», decía Rafael. La edad del pequeño oscilaba entre los tres y cuatro años. Lloraba desesperadamente.

—¡Oye, churre de mierda! Te he dicho que no te ensucies con tierra. Que te pongas tu polo. ¡Vaya pa' adentro, carajo! Ahorita mismo te llevo donde las calaveras, vas a ver.

Lo maltrataba como si el pequeño, a esa edad, entendiera que la tierra o el lodo eran nocivos para él.

La joven madre entró a su casa y salió con un objeto en las manos. Se dejaban ver en su rostro unos ojos prominentes y enrojecidos por la furia. De sus labios manaba un líquido que desdeñosamente transitaba por sus comisuras. De tanto refunfuñar estaba desencajada. Traía consigo un esqueleto, acercándose al menor de edad para asustarlo. El niño, con una expresión aterrorizada al ver la calavera, salió corriendo despavoridamente.

Rafael se dio cuenta de que maltratar a un niño de esa manera era crearle un trauma que a la larga retumbaría en su vida. Se quedó cavilando un momento para luego continuar su camino.

Cuando el reloj marcaba las once de la mañana, después de haber recolectado algunos objetos, se sentó en la banca de un parque recreacional ubicado en la urbanización Los Cactus; extrajo una manzana de su mochila, dándole un leve mordisco, mientras observaba ávidos pajarillos y mariposas que revoloteaban en aquellos frondosos árboles. Recordó a la profesora Méndez. Recordó que después de haber sido expulsada, se contrató a otra docente muy amable y cariñosa con sus alumnos; sin embargo, Rafael no se acostumbró para nada a las aulas. Su vida escolar fue tormentosa. No quiso estudiar. No deseó, como muchos otros, ir al colegio de pequeño. Se aburría de todo y de todos. Era un niño introvertido, tímido, miedoso, mas no holgazán.

Estudió primaria en la misma institución educativa denominada Las Orquídeas. Así se llamaba también su pueblo. No tuvo amigos, solo un compañero que conoció cuando cursaba tercero de primaria, José María. Con él intercambiaba algunas palabras en el momento en que sus madres asistían al colegio para llevarles sus respectivos refrigerios.

Rafael esperaba ansioso su lonchera, a las diez de la mañana, por la puerta trasera de tan grande institución educativa. Su progenitora le llevaba café y dos pequeños panes: uno con mantequilla y otro vacío.

A pesar de que devoraba sus alimentos, se quedaba con hambre. Observaba cómo los otros niños comían su sándwich de jamón, de palta, de queso, de huevo, de aceituna. Algunas madres traían para sus hijos platillos de ensaladas, arroz con pollo y ceviche.

En esa institución aún existe una parroquia o iglesia que en aquellos tiempos era de madera. Hoy está bien construida. Es de cemento, antes era de triplay.

En esa iglesia, de color celeste, Rafael y todos los alumnos de primaria asistían a misa los lunes. El sacerdote empezaba la ceremonia religiosa con un saludo, luego las concernientes oraciones, los hermosos cánticos de entrada y de salida y el respectivo evangelio. Al final de la ceremonia les recomendaba su asistencia a misa cada domingo. Les manifestaba que se portaran bien con sus padres, que no faltaran al colegio y que estudiaran bastante.

A raíz de esas ceremonias religiosas, Rafael se había aprendido tres canciones que le agradaban mucho, y las entonaba de vez en cuando:

«Alabaré, alabaré, alabaré, alabaré, alabaré a mi señor...». «Yo quiero ser feliz, yo quiero ser feliz, vivir la vida con una nueva luz...». «Oh, buen Jesús, yo creo firmemente que por mi bien estás en el altar...».

Quería ser feliz pensando solo en la comida, es por ello que después de las dos primeras horas de clase de los días lunes (cuando sonaban las campanas de la vieja iglesia, anunciando el primer recreo) iba a reclamar los alimentos que el gobierno central les brindaba, estos eran un vaso de avena y dos inmensos panes. Debido a esta ayuda social, solicitó a su madre que, en el segundo recreo, a diario le trajera los mismos alimentos que el estado proporcionaba y que tanto le encantaban. A partir de allí, doña Roberta, su progenitora, adoptó la idea de hacer el esfuerzo para traerle como lonchera una botella de avena y dos medianos panes.

La institución educativa, que posee, hasta ahora, una plataforma deportiva, con sus respectivas gradas, como si fuera un estadio en miniatura, organizaba campeonatos de fulbito interaulas, Rafael no era partícipe de esos campeonatos. En los recreos no solía jugar. Se sentaba en las gradas de aquel «estadio en miniatura» para observar a los demás niños que jugueteaban o se sentaba para pensar, quizás, en una calavera, pues había un pequeño sótano en donde decían que habitaba un gran esqueleto que asustaba a los alumnos de la escuela. Él pensaba que a aquel que se portara mal o no estudiara lo encerrarían en dicho cuarto.

Sentado ahora en la banca del parque recreacional ubicado en la urbanización Los Cactus, mientras mordisqueaba su manzana, meditaba:

—¡Qué miedo! Es por eso que muchos niños son, hasta ahora, eso: niños. Seres callados, tímidos, introvertidos. Sin lucha. Sin poder salir hacia adelante, sin tener mente positiva, sin aspirar a cosas mayores. Muchos de los niños que fueron alumnos, actualmente se «matan» día a día en el mundo de las drogas, de la prostitución y del alcoholismo. Claro, ellos no tienen la culpa, sino nuestra sociedad; nuestro sistema social y económico, y, sobre todo, nuestro sistema educativo.

Terminaba de consumir su apetitosa fruta cuando recordó la imagen de aquel infante asustadizo, intimidado por su propia madre al mostrarle ese esqueleto en aquella calle de la urbanización Los Albores, mientras recolectaba objetos inservibles.

Rememorando aquellos años de la educación primaria, en alguna ocasión le dijo a su compañero de carpeta:

—¡José María! Ven, vamos a comprar al kiosco.

Ya en el kiosco se acercó Mauro, un compañero de aula, manifestándole lo siguiente:

—¿Saben, muchachos? Allá hay un lugar. Es un aula vacía. Parece un sótano donde el director descansa y guarda sus cosas. Vamos a «trabuscar» para vengarnos de él, que siempre nos agarra a cocachos.

En aquella escuela, y quizás en muchas otras, los directores de la época solían proporcionar coscorrones a los estudiantes. En este caso, el director era un cura y usaba un llavero para aplicar golpes en la testa de los alumnos, manteniendo la costumbre de ciertos conductores de instituciones educativas primarias, allá por el siglo XX, donde justamente Nicomedes Santa Cruz compuso un relato a manera de poema (hoy famoso) denominado «A cocachos aprendí».

«El golpe o coscorrón era el instrumento de conducta y aliento para el aprendizaje que tanta falta hace hoy en los actuales estudiantes» había pensado Rafael.

A él le agradaba, y le sigue agradando, leer mucho. Por eso, hizo mención en sus pensamientos a Ricardo Palma con una de sus tradiciones, denominada «La Fiesta de San Simón Garabatillo», en donde el maestro impartía justicia con su famoso garabato o chicote. Ese objeto era la ley. Debido a eso es que antes, en la educación primaria, sobre todo en el Perú, si un niño se quejaba ante sus padres, la madre acudía al colegio para averiguar lo que sucedía y, una vez que el maestro terminaba de explicar lo acontecido, ella decía:

—¡Dele más duro, maestro! ¡Yo le autorizo!

Hoy en día, si el docente realiza tal acción es denunciado.

—Vamos, Rafael, entra —decía Mauro, mientras José María permanecía callado. Rafael no quería ingresar al lugar ubicado en el sótano del colegio.

—No. Yo no entro. Está bien que el director nos agarre a cocachos, pero si se entera nos va a expulsar.

—No pasa nada, huevón. Solo revuélvele sus cosas. Nosotros vigilaremos —dijo Mauro.

—No deseo. Entren ustedes.

Fue Mauro (así le decían a Mauricio Pérez) quien lo empujó:

—Entra, mierda.

Mauro era un niño muy avezado, agrandado a sus diez años de edad. Todos sus compañeros de aula le tenían miedo, menos su primo Francisco. El lugar donde supuestamente yacía la calavera era ese pequeño sótano y estaba totalmente oscuro. Ya dentro, Rafael escuchaba unas tenebrosas voces que le hacían palpitar, insistentemente, el corazón.

José María, su único «amigo» y compañero de la primaria, ya le había comentado que en aquel sótano habitaba una calavera, que representaba el esqueleto de un antiguo director que murió calcinado, siendo aquel lugar su dormitorio, solo que Rafael no lo recordaba. Le había revelado que a quien se portaba mal lo encerraban en ese cuartucho. Entonces, aparecía dentro dicha calavera con sus voces lastimeras, preparando un ungüento, hecho a base de arañas y orines de sapos, para darle de beber al intruso, convirtiéndolo en una calavera más. Rafael aún tenía nueve años de edad y cursaba el cuarto grado de primaria.

Adentro escuchó esas extrañas voces. Sentía rociar los orines de sapo, oía carraspear insistentemente a la calavera, veía su sombra, sentía que se acercaba hacia él. Ante tanto aspaviento, se sujetó de la puerta de fierro, golpeándola para que le abriesen. Mauro y José María solo miraban. El uno riendo con plenitud, el otro cerrando los ojos airadamente. Al notar que la calavera se acercaba con la bebida, Rafael se desmayó del susto.

Al despertar, estaba en el tópico de la institución educativa frente a una joven auxiliar que sujetaba una botella de alcohol y algodón en sus manos. De pronto, Rafael gritó:

—¡Sáquenme de aquí! ¡Quítenme estas rejas! ¡Sáquenla de aquí!

No avisaron a sus padres. Lograron calmarlo poco a poco, manifestándole que en ese lugar no hubo nada, solo trastos viejos, inservibles. No lograron convencerlo y desde aquel día siente pavor al ver calaveras, cráneos o esqueletos. A partir de ese momento abandonó los recreos (hoy les llaman *break*). Ya no salió más al patio de la institución.

Se apoderó de él la timidez. Pasó de grado a punta de empujones, más por la fuerza y voluntad de los padres que le azotaban que por su propio interés. A cocachos aprendió. No obstante, logró sentir placer por la lectura de obras literarias.

Recuerda que un martes, en su carpeta del salón, estando ya en sexto grado de primaria de «su» colegio (solía decir «su» o «mi» colegio, como si sus padres le hubieran regalado uno), se encontraba taciturno, muy callado. Eran los dos últimos meses del año que le quedaba para culminar la primaria, para salir de vacaciones y no volver más a esa escuela, para no volver a ver la calavera (sin embargo, hoy anhela visitar la institución educativa). Aquellos dos meses parecían eternos. En la misma carpeta estaba sentado Luis, un compañero de clase. En ese instante, el tal Luis se levantó esporádicamente, dando un grito fuerte y endiosador que estremeció a todos los que se hallaban presentes en ese salón. Como era recreo (Rafael ya no salía al patio), no se encontraba el profesor de aula; solo unos cuantos alumnos, unos consumiendo lo que traían en la lonchera, otros copiando alguna tarea, unos terceros mirándose las caras, aburridos o pensando cualquier sandez (si en ese tiempo hubieran existido los celulares...).

Aquel compinche de carpeta, de apellido Moreno, se había quedado dormido. Seguro tuvo una pesadilla o un sueño espantoso, porque se quedó perplejo, sin decir una sola palabra. Ni siquiera se inmutó y preocupó, ni se avergonzó. Por su aspecto y color de piel, era un niño procedente de la sierra, aunque su apellido era Moreno.

Lo cierto es que aquel acontecimiento permitió que los estudiantes que allí se encontraban huyeran despavoridos, excepto Rafael, el propio Luis Moreno y un niño apodado «Pelo e' Choclo».

Pelo e' Choclo y Rafael se miraron, como por instinto, sin sobresaltarse, ni correr, ni gritar, ni asustarse. Pelo e' Choclo le dijo a Rafael:

—Yo tuve un sueño así, hace un año.

Y narró su caso:

—Una noche, durmiendo en mi cama, me desperté llorando y gritando como sonso. Gritaba «Ya no, ya no. Ya no me peguen». Luego me llevaron donde el psicólogo y le dijeron a mi vieja que tenía sobresaltos porque estaba asustao', y es que mis viejos constantemente se sacaban la entreputa. Pelea y pelea, grita que grita, y yo sufría y sufro mucho.

—¿Sabes, Pelo e' Choclo? A mí me asustaron en este colegio con la calavera, cuando estaba en cuarto grado —dijo Rafael.

Fue en ese momento que Pelo e' Choclo descubrió el trauma de Rafael sobre las calaveras, expresándole:

—Pucha, amigo. Ya somos tres, con Moreno, los traumados.

Luis no decía nada, permanecía callado.

—Tiene susto —dijo Rafael—. Seguro Mauro también lo llevó con las calaveras. La calavera lo tiene así.

Sonó el timbre para finalizar el recreo.

—A joder y a ser jodidos —se dijo Pelo e' Choclo.

Muchos compañeros de aula se la pasaban fastidiando en hora de clase. No atendían ni dejaban escuchar a los demás.

Así pasaron los dos meses, «volando», en sexto grado de primaria. Se llevó a cabo una pequeña reunión en el colegio, a manera de despedida, por orden del profesor tutor. En ese sexto grado de primaria estudiaban también dos hermanos que vivían a espaldas de la casa de José María, eran sus supuestos vecinos y este se los presentó a Rafael, justo en la despedida. Ya se conocían de vista, compartían clases, pero fue en esa reunión que Rafael se hizo amigo de Catalín y Norberto, a quien le apodaban «El Pardo». Catalín era cauto y Norberto acalorado. Todos ellos culminaban la primaria y deseaban, con alegría, irse.

Algunos escolares trajeron viandas para degustar. Qué rico habría sido saborear los tamalitos verdes, el arroz con pollo y la papa a la huancaína (en verdad papa a la morropana, porque las papas no se habían criado en Huancayo). Se dejaban vislumbrar picantes platos de cebiche, un atractivo seco de chabelo, arroz con «tollito» y sopa de novios. Otros trajeron bebidas: chicha morada, kanú, gaseosas. Y un tercer grupo trajo postres y golosinas (mazamorra, arroz con leche, jaleas, cocadas, tofis y galletitas).

Además, hubo intercambio de regalos. Una amiga llamada Verónica obsequió un anillo a Rafael. Él no tenía qué ofrecerle. Solo le entregó una tarjetita que escribió con su puño y letra: *Vero, que te vaya bien, y nunca te olvides de los amigos. Gracias por la sortija.*

Rafael era demasiado pobre. Solo había asistido a esa reunión con unos zapatos marca Teddy, una camisa blanca de colegio y un blue jean todo desteñido, pues casi nunca usó pantalón gris combinado con camisa blanca (famoso uniforme peruano).

Se inició una pequeña fiesta. Los alumnos de sexto grado de primaria, incluidos Catalín, Norberto, Luis Moreno, Pelo e' Choclo y Rafael, compartieron con alegría (o quizá con un leve y disimulado regocijo) la gran despedida de ese nivel educativo. El gran adiós de «su gran colegio».

—Hasta luego, Verónica. Adiós, Pelo e' Choclo. Hasta la vista, José María. Los extrañaré mucho. Suerte, compañero Moreno. Ojalá nos encontremos algún día y seas un hombre de bien —había dicho Rafael.

Recostado, entonces, en aquella banca del parque recreacional ubicado en la urbanización Los Cactus, no se había dado cuenta de que su bolsa de tocuyo estaba vacía. No había cosechado aún nada. La escena de la susodicha madre de asustar al niño con la calavera lo había dejado impactado, recordando los santiamenes de José María, Pelo e' Choclo y Luis Moreno, compañeros de la primaria.

Miró su reloj de pulsera y se marchó hasta encontrar un depósito de basura, logrando reciclar algunos enseres en las pocas horas que le quedaban de su jornada.

DOS COMPAÑEROS DE AULA

Después de haber cenado un exquisito caldo de menudencias de pollo, un té de manzanilla y unas galletas de agua, cogió y empezó a leer un periódico. Culminada la lectura, fue por su talega y eligió un viejo libro que había reciclado durante su recorrido por las calles de Piura. Ojeando las páginas de ese texto, titulado *Un tal Pedro,* relato escrito en perfecto romance de José Luis Mejía (excelente escritor peruano), comprendió el poderío que se destacaba en «una patota», dirigido por un tal «Cara e' Bebé». Esto sucedía en una correccional, dejando traslucir el maltrato de una gavilla, queriendo imponer el orden y someter al más débil. No acababa de culminar la historia y de inmediato vinieron a su mente las escenas de otra obra, una que en primaria les hizo leer el profesor de literatura, denominada «Paco Yunque». En este cuento, el autor César Vallejo reflejaba con gran maestría la temática del tan conocido y actual *bullying.*

Como es sabido, el *bullying* es el maltrato físico o psicológico constante que recibe una persona por parte de otra, asumiendo un trato abusivo y empleando la coacción con el objetivo de someter y asustar.

En la actualidad, aún se presentan estos tipos de abuso en las escuelas. Y no solo en ellas, también en los hogares. Los papás, que son los primeros educadores de sus hijos, deben estar expectantes en el momento en que se van a trabajar, pues algunos de ellos dejan a sus vástagos al cuidado de nanas, vecinos o padrastros y no se enteran de lo que podría ocurrir en su ausencia.

Muchos aspectos de desarrollo de los niños, sobre todo el emocional, están bajo la tutela de estos personajes, que de acuerdo con su autoformación pueden darle ciertas pautas inequívocas. La estabilidad de las relaciones que tienen los niños con los adultos durante esta etapa de cuidados no está garantizada. Ellos aprenden mucho durante sus primeros años de vida. Estas personas que entran en contacto con los niños o bien pueden fortalecer o bien desmejorar su aprendizaje, e incluso influenciar en su desarrollo emocional.

Imaginemos a los padres al enterarse de maltratos físicos, psicológicos o sexuales hacia sus hijos, incluso enterarse después de mucho tiempo. Esto sucede en nuestra sociedad. Todo esto conduciría a la impotencia. Los padres deben generar estrategias con el fin de que los pequeños estén protegidos, para impedir tan despreciables conductas, para que cuando estén en la escuela sean personas consistentes y capaces de oponerse ante cualquier agravio. Tampoco se desea que el púber se agarre a trompadas, como lo hizo «Pedro», el de la historia que leyó Rafael, que no se dejó amilanar por «Cara e' Bebé». Ni mucho menos que sea como «Paco Yunque» que todo lo soportaba. Se requiere de un muchacho educado, seguro de sí mismo y con autoestima en niveles normales.

Tengamos en cuenta que el *bullying* implica una repetición incesante de las agresiones, y causaría la exclusión social del niño. Se debe pensar bien antes de dejar a los hijos al cuidado de alguien. Hay que conocer bien a los guardianes.

Ya adulto, Rafael lo entendía muy bien, puesto que tenía dos hermosos hijos y no permitía que ninguna persona extraña se les acercase.

De vez en cuando admitía que su hermana Azucena visitara su hogar y, en ciertas ocasiones, se encargara de los niños, cuando su esposa iba a lavar ropa a viviendas contiguas; pero por ningún motivo los habría dejado solos o al cuidado de vecinos o personas ajenas al vínculo familiar.

Después de haber leído el libro, Rafael se acostó. Se levantó cerca de las tres y media de la mañana (le llaman madrugada). Aún era muy temprano para irse a reciclar. Se le había quitado el sueño. La escena del niño maltratado por la madre con una calavera, la lectura de «Un tal Pedro» y el recuerdo de la obra «Paco Yunque» lo habían absorbido. Fue a la cocina y se sirvió un poco de agua. Esperó dos horas para irse a reciclar. Ya no siguió durmiendo. Salió hacia la ventana de la sala y se quedó observando el horizonte.

En ese panorama observaba y apreciaba un cielo lóbrego, como abrigado por sendas nubes grises.

Antes de las dos horas, calentó agua y se preparó un café bien cargado. No se despidió de su esposa, porque se encontraba sumamente dormida.

Al dirigirse a un barrio llamado San Josefino, en el afán de cumplir con su oficio de reciclador, cerca de las siete de la mañana, observó en el camino a un circunspecto señor que cumplía la labor de zapatero. Era Mauro, el compañero de la primaria. Aquel que le dio tremendo empellón hacia el lugar donde se encontraba la calavera.

Mauro estaba afuera de una vivienda. Era la Av. Málaga del mencionado barrio. Arreglaba (o, mejor dicho, desarreglaba) unos zapatos de caballero. Él era mayor que Rafael, quien recordó que tenía un primo con el que vivía. Los tres habían estudiado juntos la primaria. En el colegio, los primos habían peleado siempre de boca, no de puñetes ni de patadas. Los dos aprendieron muy poco en el colegio (si es que aprendieron).

A la despedida del fin de la primaria, organizada por el tutor del aula, los primos no asistieron, pues repitieron el año.

Francisco fue caritativo en la escuela, mientras su primo era perverso. Se consideraba el mandamás. Mauricio empotraba varios coscorrones a los más pequeños y de menos edad. Rezongaba contra Rafael, lo llenaba de insultos y amenazas. Era fuerte y malvado, ni siquiera el director lo soportaba, humillaba a la maestra y a los padres de familia. Lo expulsaban semanalmente y luego reaparecía con las mismas malevolencias y travesuras.

Todos los alumnos del aula le tenían recelo, miedo y pavor, mas no Francisco, su primo, quien era más cauto. Francisco se dedicaba a resolver, de vez en cuando, las tareas de los más pequeños y del mismo Rafael, cuando este salía mal en alguna materia (hoy asignatura).

Mauro, en cierta ocasión, llegó con el cachete moreteado. Sucedió que su padre le había propinado una golpiza porque le había contestado fríamente al increparle sobre las notas bajas y rojas del primer y segundo período (hoy bimestre).

Le había dicho:

—¡No jodas, viejo! ¿A ti quién te dice algo cuando llegas borracho, apestando a chicha y a cañazo?

Esto lo contó Francisco a los demás compañeros. Mauro, al enterarse y darse cuenta del chisme de su primo, se agarró con él a las trompadas. Ambos fueron expulsados durante una semana.

¿Cómo se enteró Mauro del chisme de Francisco? Yuyo, un pequeño travieso del salón, le fue con el cuento para, de esa manera, librarse de los coscorrones que este le propinaba.

Luego de la expulsión, los primos volvieron y todo siguió normal; mejor dicho, igual que antes: pellizcos, robos de objetos, coscorrones, insultos.

Mauro era fuerte, de estatura mediana y cara redonda. Holgazán y amenazador. Poseía mirada de buitre. Francisco era delgado, alto. Solidario con algunos compañeros.

Hay algo que ambos lograron, pero por motivos diferentes. De todos los alumnos que estudiaron en esa aula, ocho repitieron de grado. Ellos estaban dentro de ese grupo. Mauro desaprobó por perezoso y mala conducta y Francisco por no hacer las lecciones y dedicarse a enseñar a los menores de otros grados. Rafael siempre se preguntó por qué lo hacía, ¿es que acaso les cobraba por cada tarea?

«Los jalaron por malvado y por tonto», se dijo Rafael.

Los años transcurridos en la primaria para Rafael Zurita lo fueron a punta de empujones, más por la fuerza de su madre que lo azotaba que por su propio interés.

Rafael, en su oficio de reciclador, observaba a Mauro por la Av. Málaga, arreglando zapatos. Ya no poseía la mirada de buitre, sino de perro abandonado y apaleado. Su sonrisa, aquella sonrisa tan irónica, tan sarcástica en otros tiempos, ahora era afligida, como diciéndole «¿te acuerdas, Rafaelito, las cojudeces que hacíamos y los cocachos que te zampaba?».

Era zapatero. Rafael, al verlo, lo saludó y pensó «este cojudo me hacía *bullying*. Maltrataba a varios. No como su primo. Él sí que fue una persona amable y amigable».

Mauricio solo le quedó mirando sorprendido. Rafael le espetó estas palabras:

—¿Sabes? Por tu culpa no puedo ver películas de terror. Te deseo lo mejor —le dijo y luego siguió su camino.

Una tarde, al explorar el centro de la ciudad, Rafael vio cerca del óvalo Grau al primo de Mauro. Estaba uniformado. Llevaba puesta una camisa amarilla, un pantalón marrón, una corbata del mismo color, unas botas negras, una nicula y una pistola que más parecía de juguete que de verdad. Era vigilante del Banco Antena, pero aquella tarde estaba en la puerta de un local comercial llamado «Playamulti», puesto que lo habían contratado por unas horas.

Francisco lo saludó y se enfrascaron en una conversación.

—Hola, Rafael, ¿qué tal? A los tiempos.

—Hola, Fran. Soy reciclador y me avergüenzo.

—Qué va, Rafa, no tienes por qué avergonzarte. Espérame un toque, estoy de salida. Me cambio y te invito un helado para charlar un rato.

Ya saliendo de aquel local, Francisco le dijo:

—Vamos, mi esposa me espera en la heladería.

—De veras, Fran, fui un imbécil. Ahora no tengo oficio ni beneficio —argumentaba Rafael, mientras caminaban rumbo a la heladería.

—El reciclar es un beneficio. Más aún, contribuyes a preservar el medio ambiente. Sigue, no te desanimes.

—Lo que pasa es que quiero entrar a trabajar en oficina, a una de esas empresas para las cuales reciclo —dijo Rafael.

—Lo vas a lograr, amigo, lo vas a lograr. Ten fe y paciencia.

—Tú eres vigilante de profesión.

—Así es, Rafa, y mi esposa es profesora.

—¿Ah, sí? —«Ojalá no sea como la Méndez» pensó Rafael—. ¡Qué bien! Yo me acuerdo mucho de las clases en aula, que más que clases era joder.

—Hoy en día ya no es como antes, Rafael. Hay mucha supervisión —hoy le llaman monitoreo—. A los niños no se les maltrata. Antes el director nos daba coscorrones en la cabeza, ¿te acuerdas?

—¡Cómo no me voy a acordar! Si hasta chichones te hicieron a ti, a mí y a Mauro.

—Dice mi esposa que los docentes y el director deben ser los segundos padres, sobre todo cuando se está en el nivel inicial y primario.

—¡Qué padre o madre va a ser ese director que nos daba cocachos y esa maestra ladrona!, que por cierto hoy tiene su gran negocio. Tiene una librería. La zamba Méndez, ¿la recuerdas?

—Claro que sí, me enseñó en inicial. Antes le llamaban transición, ¿recuerdas? Pero el aula, estimado Rafael, debe ser el segundo hogar. Ahora mis hijos son bien tratados. ¿Tú tienes hijos?

—Sí, tengo dos. Aún están en el colegio.

Llegaron a la heladería El Cholón y entraron con cautela. El lugar estaba colmado de niños, adultos y ancianos. Miraban absortos todas las mesas y en una de ellas estaba Rosaura, la esposa de Francisco. Avanzaron hasta aquella mesa.

—Te presento a mi esposa —dijo Francisco.

—Mucho gusto, señora.

—El gusto es mío —contestó Rosaura.

—Amor, él es un amigo de la primaria y lo he invitado para que saboree un delicioso helado.

—Ah, qué bien.

—El día de hoy, para brindar un buen servicio, se requiere de la autonomía, del amor y del profesionalismo del educador —decía Francisco—. La escuela pretende tutelar al aula como el ambiente gratificante donde debe vivirse la enseñanza y el aprendizaje de forma estimulante. A mi parecer, el aula debe ser un espacio creado para formar al alumno en habilidades, para generar conocimientos y crear valores tales como el respeto, la disciplina, la solidaridad y la responsabilidad. No como antes, Rafael, que nos maltrataban. Tampoco se enseñaba con responsabilidad. Los maestros no eran especialistas.

—Eran ladrones, Francisco. El aula servía para relajarse —manifestó Rafael.

—Ahora se considera al aula como un ambiente muy dinámico, que determina problemas constantemente, y se encuentran soluciones a través de la convivencia. Ojo, que no solo es impartir conocimientos, pues la convivencia encierra también compartir actitudes y aptitudes, desarrollar destrezas, y te repito, sobre todo, la inculcación de valores.

—Tienes razón —expresó Rafael.

—Dadas las posibilidades de la edad —intervino Rosaura— a los niños pequeños hay que motivarles a que pongan cuidado y atención en lo que hacen. Enseñarles los pasos de las normas que han de cumplir y elogiarles cuando lo hacen; o, en su defecto, llamarles la atención sobre su incumplimiento. Pero llamarles la atención de una manera adecuada, de una manera inteligente, sin herirlos.

—Tiene razón, señora. El otro día observé cómo una madre de familia maltrataba a su hijo pequeño, asustándolo con una calavera. ¿Te acuerdas, Francisco, que a mí me asustaron con la calavera en el colegio?

—No existía esa calavera —dijo Francisco.

—Claro, pero me lo hicieron creer y me crearon un trauma. Y fue tu primo a quien, a propósito, he visto como zapatero.

—Es zapatero. En algo tiene que defenderse hoy en la vida. Ese tonto no aprovechó otras oportunidades.

—Como yo —agregó Rafael.

—No, no, Rafael, no quise ofenderte. Yo tampoco estudié una carrera universitaria. Soy vigilante.

—Sí, pero de oficio. Y un oficio mejor que el mío.

—Lo importante, señor, es que haya trabajo y que ese trabajo lo dignifique y lo cumpla con cariño, sin agraviar a nadie —intervino Rosaura.

—Tienen razón.

—Entonces, querido Rafa, como te decía antes, es necesario tener un trabajo honrado. Eso contribuirá a la formación de los niños y a ser buenos padres. No como lo fueron los nuestros, sin ofender.

—Aunque aún hay padres imbéciles —manifestó Rafael.

—Claro, pero como en la época de nosotros ya no creo que haya muchos. En el siglo XXI es necesaria la adecuada convivencia en el aula.

—Qué bien hablas, Francisco. Te felicito.

—Mi esposa —le dio un beso a Rosaura—, mi querido amigo. Gracias a ella he aprendido mucho.

—Felicitaciones, de veras, y gracias por el helado. Ya no les quito más el tiempo. Me retiro. Cuídense.

—*Bye*, Rafaelito, suerte. Que te vaya bien y mirar arriba. Con la frente en alto. No bajar la cabeza —alcanzó a decir Francisco, mientras Rosaura le extendía la mano para despedirlo.

Ya fuera de la heladería, Rafael observó al interior de su bolsa de tocuyo. Hurgó y sacó un paquete de periódicos pasados. Fue hacia la Plaza de Armas se sentó y se puso a leer, mientras recordaba a los dos compañeros de la primaria, el tal Mauro y su primo Francisco. Cuando se dio cuenta, eran las nueve de la noche y ya no sintió ganas de seguir recorriendo calles. Cogió su bolsa y se marchó rumbo a su hogar.

Su mujer ya lo esperaba con una suculenta sopa de jurel: su pescado preferido.

OLFA, LA PRIMERA ILUSIÓN

Después de haber culminado estudios primarios, doña Roberta matriculó a su hijo varón en un colegio de nivel secundario, denominado «Sempiterno Favor», del mismo pueblo joven Las Orquídeas.

Azucena cursaba un grado más que Rafael en otra institución educativa. Ella era muy aplicada. Don Rolando la halagaba porque obtenía buenas calificaciones. Era su elegida. Hoy, muchos padres prefieren a las hijas; las madres, a los hijos.

Doña Roberta «sacaba la cara» por Rafael, aunque le daba ciertas palizas cuando se descarriaba. Su hermana tenía el mejor uniforme, los mejores útiles escolares, incluidos los textos literarios que le solicitaban en el colegio. El padre hacía los mejores esfuerzos por comprarlos.

El primer día de clases en este nivel educativo, Rafael se enteró de que a la vuelta de la esquina de su casa llegó a vivir una señora conocida como «La Boxeadora». No sabía su nombre. Esta señora tenía un hijo muy esbelto y muy simpático, y estaba casado con una bella mujer. Esta pareja de esposos trabajaba y necesitaban de alguien para que les apoyara en los quehaceres del hogar.

Entonces, de la noche a la mañana, llegó como empleada (hoy le llaman mucama) una linda jovencita de unos doce años de edad. Rafael, en aquella época, tenía la misma edad que ella. Esta linda chiquilla ayudaba en los quehaceres del hogar de aquella familia e iba a comprar constantemente a la tienda de la esquina, casi a diario. Rafael la contemplaba, la miraba firmemente. No la perdía de vista desde que llegó.

A la hora de salida de clases (culminaba a la una de la tarde) se cambiaba de ropa y se sentaba al pie de la puerta de su casa para verla pasar. Allí se quedaba largo rato para contemplarla. Doña Roberta le decía «Rafa, entra para que almuerces. Te he preparado tu rico jurel», pues ni el sabroso platillo preferido lo hacía entrar a su hogar. Allí se quedaba esperando que pasara la agraciada muchacha, descuidando sus tareas.

En el atardecer, cerca de las seis, ella regaba el jardín y parecía que también lo miraba y le sonreía. A partir de las siete de la noche, Olfa, que así se llamaba, ya no salía al exterior de la casa que custodiaba. Sus quehaceres domésticos eran cocinar, lavar vajillas, lavar ropa, limpiar la casa, hacer mandados y regar el jardín.

Él la veía solo de lunes a viernes. Estaba a la expectativa cuando pasaba a comprar entre la una y las tres de la tarde, o cuando iba a recoger un encargo donde La Boxeadora entre las cinco y seis y media, o cuando regaba el jardín. Esto no era todos los días. Había momentos que no la veía pasar, ni salir. Él solo pensaba en Olfa.

Los sábados se reunía con un vecino llamado Arthur, a quien le contó su secreto, pero al tal Arthur también le agradaba la hermosa chiquilla. «Le había tirado lente», así solía decir doña Roberta cuando alguien estaba ilusionado por una chica. Ambos amigos se juntaron y decidieron visitarla un día, un día que estaba sola y aún no llegaban sus patrones.

Arthur, que era más avezado, tocó la puerta. Rafael se quedó detrás de él, escondido a tres metros de distancia. Salió Olfa, entreabrió la puerta, dejando ver solo su rostro. Ellos entablaron una conversación que Rafael no lograba oír, pues se sentía nervioso y emocionado. Estaba a tres metros de distancia.

—¿Qué le dijiste? —preguntó luego Rafael.

—Primero le pregunté su nombre. Se llama Olfa. Luego le pedí que saliera a jugar hoy por la noche, pero dijo que sus patrones no la dejan. Después le dije para salir el sábado y manifestó que no, porque se iba a su pueblo y sus padres tampoco la dejarían salir. Finalmente, Rafa, le dije que era muy linda y ¿sabes lo que me contestó?

—¿Qué?

—Me cambió la conversación.

—Pero ¿qué te dijo?

—Que dónde estudias tú.

—Anda, ¿que sí?

—Me dio cólera. Ni siquiera preguntó dónde estudiamos. Solo se refirió a ti.

—¡Ja, ja, ja! —se rio Rafael.

—Baboso. Ya cállate. Se ve que la hembrita quiere contigo —manifestó aturdidamente su amigo Arthur.

Desde esa fecha, su camarada fue leal, no se interponía en su relación. «Nuestra relación silenciosa», había dicho Rafael, «nuestro amor platónico», pensaba. «Nuestro querer a través de miradas y sonrisas», «mi sufrimiento delicioso», «mi primera ilusión».

Siguió contemplándola. Solo la veía pasar. En cierta forma, si no hubiera sido por su amigo Arthur, jamás hubiese hecho lo que, después de dos semanas, hizo.

Un día, cursando primer grado de secundaria, se escapó por las paredes semiconstruidas del colegio, cerca de las diez de la mañana.

Se puso a recorrer calles, quizás allí le nació el oficio de reciclador, pues recogía cualquier objeto que le podía servir. En el camino recordaba las clases de literatura, asignatura que le agradaba. Recordaba que el profesor les hablaba sobre personajes de la literatura griega, latinoamericana y peruana. El docente les conversaba a sus alumnos del amor, de las aves, de las flores. Llegó a un pueblo donde, en una vivienda, había un lindo jardín. De todo lo malo que Rafael tenía, lo bueno era que adoraba las plantas. Eso lo heredó de su madre. Se acercó y se introdujo, silenciosamente, de manera solapada, a ese hermoso vergel para hurtar una bella flor. Era una margarita.

Ya no regresó al colegio. Esperó dos largas horas para retornar a su casa, pues se había sentado en un parque a pensar lo que le manifestaría a Olfa.

Después de haber cumplido su tarea escolar, obligado por su madre, esperó durante un tiempo a que saliera su bella y primera ilusión. Esperó a que Olfa se dirigiera hacia la casa de La Boxeadora. Una vez que logró divisarla la siguió:

—Olfa —dijo tímidamente. Ella regresó a mirar sin detenerse, él la perseguía—. Olfa es tu nombre, ¿verdad? —prorrumpió.

—Sí, pero por favor no me sigas, que mi tía nos puede ver —así le decía a la señora Boxeadora, pero no era su tía.

—Me llamo Rafael. Siempre te veo pasar, desde hace tres meses, y no sé nada de ti.

Ella apresuró el paso, como corriendo, y él dejó de seguirla.

Se sentó en un tronco de árbol a esperarla, pero ella, aquella vez, se quedó en casa de La Boxeadora, o quizás regresó muy tarde. No lo supo. Guardó la flor para el siguiente día.

Cada vez que Rafael llegaba del colegio, se bañaba, almorzaba y luego salía a la puerta de su casa para verla pasar. Deseaba entregarle esa flor.

De vez en cuando, Olfa se asomaba por la ventana. Él la miraba de lejos. De hecho, le contó a su amigo sobre la acción que iba a realizar.

—No seas sonso. No la sigas. La puedes perjudicar y ya no la dejarán salir o, peor aún la mandarán pa' su pueblo.

Ni Rafael ni Arthur conocían su procedencia.

—Lo que tienes que hacer es esperar un día de semana. Un viernes que la embarquen a su pueblo, para que te contactes con ella en el paradero —le decía su amigo.

—Pero si siempre va acompañada de La Boxeadora ¿y si me aplica la llave voladora?

—Entonces te embarcas en ese mismo ómnibus.

—¿Qué ómnibus?

—El ómnibus que la lleva para su pueblo, pues —manifestaba Arthur.

—En primer lugar, a mí no me dan plata. En segundo lugar, ¿dónde quedará el paradero?, y, finalmente, yo no sé en qué momento sale para su pueblo, pues creo que se va los sábados de madrugada, cuando todo está oscuro —argumentaba Rafael.

—Bueno, entonces, vive tu amor sin palabras —concluyó Arthur.

Rafael siguió esperando el momento. La flor ya se había marchitado. Una tarde logró arrancar otra margarita. Esperó desde la una y media hasta las seis para tratar de entregársela. Entraba y salía de su casa. Se sentía impaciente, nervioso. Se desesperaba.

—¡Rafa! ¿Que no tienes tareas? —gritaba su madre.

—No. No me han dejado —respondía.

Siendo las seis y un poco más, salió Olfa. Pasó a tres metros de su lado, porque para ir donde la tía La Boxeadora tenía que pasar necesariamente por allí, por la casa de Rafael.

Fue ella quien se detuvo y le dijo:

—Espérame a la vuelta de la esquina, por la tienda Cristal —hoy le llaman bodega—. Estaré allí en cinco minutos.

Rafael, muy contento, entró a su casa y sacó la margarita. Fue corriendo a la tienda Cristal. Allí esperó no cinco, sino treinta minutos. Pensó que ya no iría.

—¡Hola! Me demoré porque mi tía me detuvo en unos quehaceres —manifestó Olfa.

—¿Sabes? Te tengo un obsequio —dijo Rafael.

—Tu nombre es Rafa, ¿verdad? —consultó Olfa.

—¿Cómo lo sabes? ¿Te lo dijo mi amigo?

—No, solo que escucho tu nombre de noche, cuando juegan y te veo por la ventana.

—Ah, ¿que sí?

—Claro, pero aguaito a escondidas de vez en cuando. ¿Qué querías ese día, conmigo?

—Bueno, la idea de golpear la puerta fue de mi amigo Arthur.

—No, a ese a día no me refiero. Me refiero al día en que me seguías.

—Ah, quería darte un obsequio, que aquí lo tengo.

Le enseñó la flor.

—¡Qué lindo! Gracias. La colocaré en mi oreja derecha.

—Espera, devuélvemela un ratito.

Rafael cogió la margarita, se arrodilló y dijo lo siguiente:

—Toma esta flor. Con esta flor, amiga Olfa, te digo que me siento contento al verte pasar. Que esta ilusión secreta la guardo desde que te vi por vez primera y en esta ocasión esta flor contiene en sus pistilos, agradables aromas. Eres bella y esos labios de rubí que posees llenan mi corazón. Eres una primavera completa con un jardín perfecto de divinos colores y bellas flores, donde tú eres la flor más hermosa. Que nadie te arranque. Que te conserves para mí. Olfa... eres mi primera ilusión.

Esas palabras las había escrito una y mil veces en un cuaderno, a manera de borrador, y se las había aprendido de memoria. Había rebuscado infinidad de párrafos en libros de grandes poetas. Bueno, era el fruto de su amor y también su gusto por la literatura.

Olfa, a su edad, se sintió halagada. Se ruborizó y no dijo nada, solo sonrió. Le dio un beso en la mejilla y se marchó a casa de sus patrones. Ya estaba oscureciendo.

Rafael contó lo sucedido a Arthur, quien al inicio también se sintió atraído por ella, pero al saber que «le hacía ojitos a Rafael», optó por dejarle libre el camino.

Rafael, siendo tímido, continuó mirándola cada vez que transitaba por su vereda. Olfa, a partir de ese día, siempre le sonreía.

Nuestro amiguito estaba llano a manifestarle el deseo de viajar juntos a su pueblo, por lo que una mañana se escapó, como de costumbre, del colegio y la esperó en la esquina de su casa para testimoniarle la idea, pero Olfa no pasó por ese lugar. Siguió esperando día tras día, pero no aparecía. Olfa no daba señales. No salía. Pasaron dos semanas y decidió ir en busca de Arthur. Le contó y le pidió que lo acompañara para golpear la puerta de la casa de sus patrones. Tocaron a la puerta. Nadie contestaba. Nadie se asomaba. Se entristeció mucho.

Ya no estaban sus patrones. Ya no estaba Olfa. Corrieron a la casa de la tía Boxeadora, tampoco estaba. No supo más de Olfa. Se deprimió tanto que ya no quería asistir al colegio, aduciendo cualquier pretexto. Y si asistía no atendía a las clases. Sus pensamientos estaban en ella. Tanta era su ilusión, que se escapaba para ir a golpearle la puerta. Nadie atendía a esos toques. Transitaban los minutos, transitaban las horas, transitaban los días y las semanas, pero Olfa ya no transitaba por su vereda.

Transitaban los meses y transitaban los años, pero Olfa ya no pasaba por su calle.

En una oportunidad, después de seis largos años, logró distinguirla a lo lejos en el mercado modelo y cuando la quiso alcanzar no pudo. Un tumulto de gente se lo impidió. Se le perdió de vista. A partir de ese momento no la volvió a ver jamás.

En aquella época, Rafael escuchaba en su tocadiscos (ya no existen) una canción de José Luis Perales y cada vez que la ponía recordaba a esa chiquilla con mucho ímpetu y nostalgia. El tema a la letra decía:

Me llamas para decirte que te marchas, que ya no aguantas más... me dices que el amor igual que llega pasa y el tuyo se marchó por la ventana... Y te has pintado la sonrisa de carmín.

Rafael, mientras saboreaba su sopa de jurel, se quedó pensativo, al escuchar en radio «La inolvidable», aquella canción de José Luis Perales. Dejó de comer por un instante y se dijo a sí mismo: «¿Dónde estarás? ¿Qué será de tu vida? Nunca supe tu apellido. No supe tampoco si estudiaste en algún colegio. Te busqué por Facebook y solo se registraron cuatro nombres de "Olfa". Ninguna fuiste tú. Nunca más supe de ti, Olfa, mi primera ilusión».

MEMÍN Y LEÓNIDAS

Siendo las once de la noche, acostado en su lecho, después de haber saboreado su suculento pescado y terminada su faena de reciclaje, cogió un texto de un autor que no recordaba, pero que se titulaba *Chócala Chocheritas* y se dispuso a leer. Se detuvo en un capítulo y empezó a cavilar. Meditó sobre los años maravillosos que vivió y que transcurrió en la era de colegial, sobre todo en la secundaria.

Para Rafael, fueron los años más complicados de su vida escolar. Después de haber terminado la primaria, su madre lo había matriculado en aquel colegio secundario llamado «Sempiterno Favor».

Sus padres no eran tan acaudalados como para inscribirlo en un colegio de prestigio, como eran en ese entonces el San Gerónimo de Lozada, San Misael de Piura y Don Vasco. Repitió primer año de secundaria. Su madre lo atribuye el estado que adoptó a la partida de su primera ilusión. Se sentía afligido por la ausencia de aquella chiquilla. En cambio, su padre decía que reprobó porque era «bruto». Rafael no le encontraba sentido al estudio, a pesar de que le agradaba leer obras literarias. En secundaria seguía siendo un poco introvertido, silencioso dentro del aula, pero juguetón en el recreo.

Durante el primer nuevo año (había repetido) compartió nueva sección con los hermanos Naipes: Guillermino y Leónidas. Memín, como le llamaban al hermano menor, era el más belicoso. Manoseaba a las alumnas, traía espejos y los colocaba debajo de las carpetas (en el piso) para observar las prendas íntimas de sus compañeras. Memín se trompeaba con hombres y mujeres. Los hermanos Naipes corrompieron a Rafael, ya que en segundo grado iba adquiriendo conductas inadecuadas. Los hermanos lo sedujeron a escaparse para beber chicha de jora en cantinas cercanas al colegio, a jugar futbol o a pararse en las esquinas a cambiar figuritas de algún álbum que estaba de moda. Las amistades habían influido. Se había convertido en jugador de cartas y en un tomador de chicha. Llegaba a casa a almorzar y salía «con las mismas» a la canchita a jugar fulbito, no regresando hasta la hora de la merienda (hoy le llaman cena).

El profesor tutor, en alguna oportunidad, llamó a sus padres para conversar sobre su conducta. Era la madre quien asistía.

—Dele más duro, profesor. Yo le autorizo.

Recibía grandes palizas, pero seguía de vagabundo. *Vagabundo soy, un borracho... vagabundo soy, un perdido...* solía entonar la letra de una de las canciones de un famoso bolerista peruano, Iván Cruz.

Cierto día, ya estando en segundo grado de secundaria (aprobó con las justas), Memín pactó una apuesta para una pelea, en donde «Caresa», un compañero de aula, debía agarrarse a trompadas con Rafael. Era la primera pelea escolar de Rafael. Poco a poco, se hacía el valiente, el machito. Iba dejando, gradualmente, la timidez, pues sus compinches, Guillermino y Leónidas, le aconsejaban muchas cosas negativas. Digamos que lo utilizaban. En aquella gresca, Caresa le encajó un tremendo golpe, una patada en los testículos que lo desmoralizó.

—¿Qué pasó, Rafa? —le decía Leónidas.

—¡Auchh! Me pateó las pelotas.

A partir de esa reyerta, nuevamente adoptó una conducta retraída. Guillermino y Leónidas le insinuaban que no se dejara, que le buscara broncas, pues ellos le enseñarían a pelear, pero Rafael ya no quería saber nada de pleitos.

—Eres un huevón de mierda. Eres cojudo, bueno para nada —le decían.

Memín y Leónidas, durante ese año (segundo de secundaria), siguieron incomodando a Rafael. Le enseñaron y obligaron a robar lapiceros, monederos y otros objetos dentro del colegio; le exigían tomar cañazo y escaparse. Hicieron un arreglo con Caresa para que le diera palizas de vez en cuando.

Pero hubo alguien que defendió a Rafael. Era un gordito, tragón por naturaleza, que siempre llevaba plata en los bolsillos. Este gordito iba al kiosco y pedía arroz con tallarines, ceviche bien picante, sándwiches y gaseosas coca cola. Luego se escapaba a fumar coca y oler la cola o goma, a veces también terrocal. Invitaba a comer a Rafael, pero odiaba a los hermanos Naipes. Fue el gordo Valdivia que lo separó de la «mala» compañía de aquellos hermanos. Él nunca lo obligó a nada.

Muchos alumnos frecuentaban una explanada de fútbol que quedaba al frente de la institución educativa. Le llamaban El Pampón o Cancha de las Águilas. Allí jugaban entre las diez y once de la mañana. En esa época, se desarrollaban campeonatos interaulas. Rafael y el gordo Valdivia se inscribían, pero no los hacían jugar. De vez en cuando, los docentes de educación física también usaban esa explanada de arena para realizar sus prácticas con los alumnos de diferentes grados.

—Con Rafa no te metas, huevón —le había dicho Valdivia a uno de los hermanos Naipes.

—Anda, gordo de mierda, ¿quién eres tú? —contestaba Memín, enfrascándose en constantes insultos.

A raíz de esas broncas se generó un pleito, en cierta ocasión que hubo una fiesta en casa de un compañero. Asistieron varios, entre ellos Rafael, el gordo Valdivia y Caresa. Cerca de las doce de la noche, cuando todo era algarabía, aparecieron los hermanos Naipes con una gavilla de vagabundos. Entraron, sin pedir permiso a la casa donde se celebraba «el tono». Allí, armaron tremendo lío. Las chicas gritaban asustadas, se escuchaban golpes y manotazos. Fue en ese lugar que el gordo Valdivia sacó a relucir una filuda navaja, un gran escándalo. Alguien llamó a un patrullero (en esa época no existía Serenazgo) y se llevaron a uno de los hermanos Naipes (Memín), al gordo Valdivia, a Caresa, a Rafael y a otros dos facinerosos muchachos. En el calabozo les dieron tremenda paliza, y quedaron encerrados por tres días.

Desde aquella ocasión, Rafael supo que el gordo Valdivia pertenecía a una pandilla llamada «Los Anfibios». Su padre, debido a ello, le prohibió esa amistad. Le dijo:

—¡O estudias, o trabajas conmigo en el campo! ¡Carajo!

Fue así como de tumbo en tumbo pasó a tercer año de secundaria. Allí dejó de frecuentar al gordo Valdivia y a esos malos compañeros de aula, Guillermino y Leónidas.

Estando en este nuevo grado, tercero «B», conoció a Milson, George, Arlindo, Eduardino, Eduvino, Riqui, Heráclito, Anita, Edgardo, Frank, Juanca, Alexandro, Rosenda, Milagritos, Fresalinda, Sofía, Oswald, Jorgito, Felícito, Leonardo, Vicentino, «El Negro Lodos», Gabildo y su hermano Edmundino, entre otros.

Asimismo, se reencontró en esa sección con un viejo amigo de la primaria, llamado Catalín, aquel estudiante que vivía detrás de la casa de su otro «amigo», llamado José María, con quien terminó la primaria. José María se lo había presentado en la despedida de aquel nivel educativo. Recordó que Catalín tenía un hermano a quien le apodaban «El Pardo», y se enteró que El Pardo, que tenía como nombre de pila Norberto, estaba registrado, no en tercero «B», sino en otra sección.

Rafael los recordaba y sentía que ellos habían sido sus verdaderos amigos.

Al cavilar sobre estos asombrosos y añorados momentos, se había quedado profundamente dormido, despertándose a las siete de la mañana del día siguiente, y sabiendo que tenía que irse a trabajar desde las seis y treinta.

—¡Uy, caramba! Me he quedado dormido.

Desayunó, cogió su enorme bolsa de tocuyo y fue rumbo a su faena diaria, eligiendo esta vez el mercado local situado en Las Orquídeas, su pueblo; «el mercadillo», decía él. Fue allí donde vio a Caresa con otros vagos, tomando chicha de jora y clarito. Rafael solo lo observó. No se dejó ver.

«Es un alcohólico» pensó. Quizá ya no lo reconocería, después de que pasaran tantos años. Luego, peregrinando por la Av. Integración, observó a los hermanos Naipes, que tenían una mueblería. Ellos quedaron mirándole; de lejos, le saludaron con la mano. Pareciera que no hubiesen compartido momentos sandungueros y vehementes en la secundaria. Solo le quedaron mirando, como si nunca hubiese pasado nada.

Rafael, en ese momento, pensó en el gordito Valdivia, el compañero que estuvo en las famosas pandillas de aquellos años. Lo recuerda, pero no sabe nada de él. Se enteró, posteriormente, de que varios alumnos del colegio anduvieron en pandillas por aquellas épocas.

En su oficio de reciclador sabía que las pandillas, al menos en su jurisdicción y barrios aledaños, habían desaparecido; pero seguía pensando que en el Perú (y en especial en su ciudad, considerada por nuestros ancestros como un pueblo tranquilo, religioso y fervoroso), se mantenía presentando delincuencia, asaltos y corrupción.

Continuó su recorrido, marchándose rumbo al centro de la ciudad, y observó que en el óvalo Cultural había una aglomeración. Se acercó y vio a una parlamentaria. Era una señorita llamada Mariluz Ramos, que a través de una ceremonia donde se celebraba «El Churre Chupón», manifestaba que las bandas delincuenciales estaban bajo control. Rafael se decía a sí mismo:

—Eso es mentira, pues el simple hecho de que en un mes no se ha presentado ningún robo no indica que se ha mejorado. La delincuencia engloba distintas realidades, como asaltos, violaciones, coimas, extorsiones, asesinatos, terrorismo… Sabemos de sobra que los delincuentes trabajan un mes y otro no, son estratégicos y más inteligentes que la misma parlamentaria.

Convertido en un apasionado de la lectura de diarios y libros y de los programas de televisión, se informaba muy bien. Reflexionaba y analizaba muy bien la situación de su ciudad. Era un analítico y reflexivo también de la realidad peruana. Recordó lo que en una oportunidad una congresista dijo «hay inseguridad».

En contraposición a este pronunciamiento, a esa frase, Rafael se reprochaba a sí mismo:

—Dice que ante la inseguridad se necesita incrementar el número de policías, pero, creo yo, no solo de policías. Se debe instaurar un sistema de control y seguridad inteligente desde los gobiernos locales.

Hace unos meses se había enterado de que el grupo internacional SPS (Sistemas, Productos y Servicios Especiales) había dado una conferencia para apuntar hacia la seguridad ciudadana. Ofrecía interesantes propuestas modernas de Seguridad Ciudadana. Por eso se dijo:

—Ningún alcalde, congresista y autoridad de la localidad asistió. Siguen en la mediocridad de solo comprar cámaras, cuando ese grupo español ofrecía una tecnología de punta desarrollada en Europa y que fue aplicada en Mira Rosas de Lima para mejorar la Seguridad Ciudadana.

Por otro lado, qué decepción tan grande sentía al notar que, en esa aglomeración, la señorita Mariluz Ramos había hecho un desplante a los profesores del SODEP. Notó que la parlamentaria huía a velocidad, como si no le importaran los problemas del magisterio. Se recriminaba:

—Ellos —los docentes— solo querían dialogar con ella, pero encontrarse con una ciudadana así, dizque representa a nuestra ciudad, es reprochable. ¡Qué lindo cómo se tomaba fotografías con los bebés y las madres de estos! Sin embargo, cuando los maestros solían acercarse, encabezados por el dirigente del SODEP, esta mujer, sin mostrar valentía y educación, además de estar acompañada con personal de seguridad, huía en un automóvil dejando plantados a los maestros. ¡Qué tipo de autoridades tenemos!

Para mí, es soberbia, politiquera. Estos personajillos solo quieren estar en el cargo para figuretear y llenarse los bolsillos. Así como el Estado quiere evaluar a los maestros, que por cierto me parece correcto, así deberían evaluar también, continuamente, a estos señores congresistas, que son para mí unas personas sin vocación al cargo que poseen. ¡Ja, ja, ja! Esta señorita dice que el gobierno ya ha planteado la solución con la nueva ley que será aprobada por el congreso. Hay un debate para plantear las propuestas. ¡Qué Lisura, qué conformismo! ¿Qué tipo de funcionarios tenemos? Y pensar que se llama Mariluz Ramos. Le hace honor a su apellido, pero no a su nombre.

En ese instante, mientras la congresista apuraba el paso hacia su automóvil, escuchó que un profesor gritaba:

—Señorita Mariluz: que el mar sea para lavarnos de tanta corrupción y delincuencia y no para ahogarnos en las falsas promesas y maltrato a los maestros. Que la luz sea para alumbrarnos e iluminarnos con sabiduría, valores y soluciones acertadas y no para quemarnos con decisiones inequívocas que perjudican a la población. Que su apellido Ramos no sea un ramo de espinas que nos hinquen, produciendo dolor a la ciudadanía, y que sus decisiones no sean cadenas o ataderos con la mentira, insignificancia e inseguridad. Empape, pues con la pureza del mar e ilumine con la bella luz de nuestro sol piurano.

Rafael se dio cuenta de que quien gritaba era un excompañero de aula, «un promo», decía él, llamado George. Había estudiado con él en tercer y cuarto año de secundaria en el colegio «Sempiterno Favor» y ahora era profesor. George no lo vio. Rafael no pudo acercarse por la gran muchedumbre que había.

Recordó que lo conoció por primera vez en tercer año de secundaria, después de frecuentar a los hermanos Naipes y al gordo Valdivia.

George, en su etapa escolar, al igual que Valdivia, también fue gordito. Y si de gorditos se trata (ahora George es profesor), Rafael, que se había sentado en una banca del óvalo Cultural, trajo a su mente imágenes de otro maestro que por supuesto también fue gordito: el profesor de matemáticas.

EL PROFESOR DE MATEMÁTICAS

En tercer año Rafael compartió aula con nuevos compañeros. Allí estaba Arlindo, un chico de piel blanca y de mediana estatura que siempre traía en su rostro una sonrisa a flor de labios. El profesor de Historia Universal, de apellido Chinguel, le había puesto «El Turista», puesto que no asistía a muchas clases. Según él, le aburrían, y se marchaba a la granja de su madre, que estaba ubicada en El Encanto, en un pueblo llamado Cholo con Canas. Al final, Arlindo aprobó ese curso con altas notas.

Se reencontró con Catalín (con él estudió parte de la primaria). Era alto, delgado, escuálido. Su risa cachacienta era su sello estudiantil. Catalín era quien celebraba todo tipo de bromas, burlas y travesuras.

Alexandro era otro alumno cachaciento. Le decían Alexo. Era un joven delgado, de piel morena, que odiaba las matemáticas, como muchos otros.

También conoció a Milson, chico de contextura gruesa y piel morena que hacía rabiar a la mayoría de los profesores.

Estaba George, el gordito, el brigadier, el que siempre andaba cantando en el aula, hambriento, como todo gordito. También Frank, un joven enamoradizo. Desde temprana edad tuvo su enamorada en esa misma institución, su chica pertenecía a otra aula. A Frank le apodaban «El Chivo», pero no por su conducta, sino por su aspecto. Tenía un rostro característico.

Conoció a Eduvino, el tal «Edú», amante de las matemáticas. Amó tanto las matemáticas que, tiempo después, matemáticamente, tuvo muchas amantes.

Jorgito, Riqui y Leonardo eran otros estudiantes igualmente amantes de los números, hábiles en esa materia.

También cursaba estudios con Edgardo, jovenzuelo de mediana estatura y travieso al cien por ciento. Al inicio, Edgardo la pegaba de albañil, es por eso que hoy es un excelente constructor.

Gabildo y su hermano Edmundino no podían faltar. Hermanos que desde la secundaria ya sabían lo que era trabajar, sabían cómo era ganarse el dinero con el sudor de su frente. Gabildo era el único del aula que sabía conducir autos. Debido al trabajo, dejaba el auto afuera del colegio. Una vez, al salir de clases, encontró tres llantas pinchadas.

Los más tranquilos de aquella sección eran Fernandino, hermano de Rosenda; Frank; Oswald; Heráclito y Vicentino.

Asimismo, compartía aula con Felícito, un chico cejudo, de pobladas cejas y muchos bellos en sus brazos.

No podía faltar Juanca, muchacho de tez blanca, aserranada, de carácter irascible y testarudo.

Compartía sección también con un muchacho alto, de piel oscura, que desde que cursaba tercer grado de secundaria ya tocaba algunos pininos en la guitarra. Su nombre era Emmanuel.

Y, finalmente, las mujeres. Sí, las chicas. Rosenda, Milagritos, Fresalinda, Sofía y Anita.

Todos ellos fueron los más allegados y a quienes más recuerda Rafael, quien era un muchacho de mediana estatura, contextura gruesa, tez trigueña y pelo lacio.

En esa sección, algunos de ellos hicieron varias travesuras tanto dentro como fuera del aula y del colegio. Los docentes de aquella época no eran titulados, pero poseían grandes conocimientos. Los profesores que impartían clases eran muy serios, o al menos así le parecían a Rafael.

Antes de que los profesores llegasen al salón a impartir sus clases, la mayoría de los alumnos de esta sección generaban barullo, gritaban, creaban algarabía, cometían payasada y media.

Alexandro compartía carpeta con Frank, Catalín con Rafael, George con Gabildo, Sofía con Rosenda, Edmundino con Eduardino, Arlindo con Heráclito y Edgardo con Eduvino. Muchos de ellos copiaban. Las clases de química, física y matemáticas eran las más odiosas, las más complicadas para ellos. La gran mayoría detestaba las matemáticas, a excepción de Leonardo, Eduvino y Riqui. Estos tres compañeros dominaban la asignatura. No era que existiera brutalidad para esas materias, sino que muchos poseían habilidad para otras ciencias, incluso para las artes y lo puramente técnico-operativo.

Ahora, los personajes de esta historia comprenden que cada ser humano posee aptitudes diferentes. Si en esa época los docentes hubieran entendido eso, muchos de los alumnos amarían los estudios.

Tampoco existía la didáctica (arte de enseñar). Los docentes de historia llegaban al aula y decían «saquen su cuaderno» y comenzaban a dictar textos extensos que, a Anita, a Heráclito y a Fresalinda les causaba mucho dolor en las manos.

—¡Ay, ya me está dando el calambre! ¡Caramba! —se quejaba Anita.

También llegaba el maestro de física y química, que con sus fórmulas estresaba a todos, es por eso que Juanca y Alexandro observaban sus respectivos relojes para saber a qué hora terminaba la aburrida clase.

En la hora del curso de matemáticas, llegaba el profesor muy serio:

—Buenos días —saludaba.

Este maestro solo colocaba ejercicios en la pizarra. La expresión de su rostro denotaba furor. Era muy sensato, explicaba mirando al vacío y sin preocuparse si los alumnos entendían o no, los hacía salir al frente para que resolvieran los problemas. La mayoría de esa sección tenía aversión a este docente, todos los lunes, miércoles y viernes que recibían clases de ese curso, sufrían. Algunos se habían dado por vencidos y faltaban al aula, quedándose escondidos por algún rincón. Otros, como Alexandro, Rafael y Milson, se iban al kiosco a conversar con la vendedora. Otros, como Edgardo y Arlindo, se escapaban por detrás del colegio. La pared era baja y, al descuido de los auxiliares, se trepaban y salían al exterior. Catalín y George se escondían en el baño y esperaban que hubiera cambio de hora para entrar al aula.

Muchos de ellos amaban el curso de educación física. Cuando llegaba el docente, George, Catalín, Oswald y Rafael gritaban de emoción.

Rafael era un vago reservado. Un día del mes de mayo, el profesor de matemáticas transitaba por el pasillo. Siendo un tipo rechoncho y con una mirada irascible, energúmena y frenética, se hacía respetar por muchos alumnos de otros grados y secciones; no obstante, algunos le tenían ojeriza; otros, miedo. Al verlo pasar, todos en el aula de tercero «B» se quedaron en silencio, callados, quietecitos.

Rafael dijo:

—¿Qué? ¿Le tienen miedo a ñoño?

El maestro, que alcanzó a oír el apodo, se regresó. Entró al aula y preguntó con voz intensa y enérgica quién lo había insultado. Tenía en su rostro redondo y cilíndrico una expresión malévola, estaba lleno de ira. Parecía que iba a explotar, pero no de gordito, sino de cólera.

Preguntó, como gruñendo, espetando las siguientes palabras:

—¡¿Quién fue el vivazo que gritó así?!

Todos en silencio. Algunos miraban de reojo a Rafael. El profesor volvió a preguntar, pero esta vez mirando a Catalín. Seguro pensó que él lo había insultado.

—¿Quién gritó así? —volvió a preguntar.

Catalín, al ver que el maestro le echaba la culpa con la mirada, señaló a Rafael con el dedo índice.

—Ha sido él, profe.

El profesor de matemáticas, dirigiendo su mirada a Rafael, solo dijo:

—Te espero en la dirección en este momento.

Todos los compañeros lo miraron asustados, otros se burlaban. Rafael salió, cabizbajo. Ya en la dirección, pensó que iba a estar el director para arreglar el problema, pero no, solo estaba «el gordito», quien tomó una palmeta de cincuenta centímetros de largo por siete de ancho y cinco de consistencia. Le tomó las palmas de la mano, manifestándole la siguiente frase:

—Seguro que la putetumadre me ha puesto ñoño.

Luego cayeron sobre las temblorosas manos del jovenzuelo dos palmetazos, uno en cada palma, dejándolas totalmente rojas. Completamente purpureas, se notaba la transparencia sanguínea.

—¡Fuera de aquí, carajo! —agregó el profesor de matemáticas.

Rafael entró al aula con una sonrisa cachacienta y con un dolor insoportable. Simulaba su dolencia. Catalín le preguntó con otra sonrisa más cachacienta:

—¿Y qué te dijo?

Solo mostró sus rojizas manos, mientras la sonrisa de su compañero de carpeta se convirtió en carcajada, contagiando a todos los alumnos del aula.

El salón, según Rafael, se había convertido *en un cague de risa.*

CHACOTADAS (CHACOTAS)

Era más de mediodía y Rafael seguía sentado en aquella banca del óvalo Cultural. La aglomeración de gente por la presencia de la parlamentaria se había esparcido. Todas las personas que estuvieron en la muchedumbre se habían retirado y en aquel lugar volvió la normalidad.

—Y pensar que a George no le gustaban las matemáticas... ¿profesor de qué será? —se había preguntado Rafael.

Después de haber meditado un poco, se levantó de aquella banca y se marchó, rumbo a Castel (un distrito cercano a Piura), para seguir con su oficio de reciclador. Atravesó el puente viejo y recorrió varias calles de ese popular distrito.

Luego de haber recolectado algunos enseres, se detuvo frente a una cantina. Tenía mucha sed. Entró, se sentó en una mesa y pidió una cerveza. Como vio que no gastaba en movilidad, extrajo de su bolsillo un billete de diez nuevos soles y lo extendió al joven vendedor, solicitando una cerveza. En esa cantina, como en muchas otras, se debía cancelar por adelantado.

Bebió con ímpetu el primer vaso. Al servirse otro trago, escuchó una canción de ritmo alegre, un poco erótica, recordando que, en tercer año, el profesor de música había solicitado a los alumnos la entonación de una canción. En aquella ocasión remota entonó el himno nacional, generando risas en los demás compañeros. Uno de ellos, llamado Milson, coreó la letra de la copla de un tema un tanto sensual. El docente de música, al notar tal desfachatez, con gran ímpetu se dirigió hacia él y le dio un tremendo puntapié en sus posaderas.

—Lo agarró a patadas —gritaban algunos.

—¡Fuera de acá, conch...! —dijo el maestro.

—¡Ja, ja, ja! —todo el salón reía a carcajadas.

A este docente le llamaban «El Mero», y tocaba maravillosamente el acordeón.

Ya en los recreos, algunos de nuestros personajes chacoteros, como Milson, George y Juanca, se escapaban a casa de Arlindo, que vivía cerca del colegio. Todos los viernes era lo mismo. Observaban videos, jugaban damas y ajedrez, trepaban al árbol para bajar guabas, descuidando sus clases. Ellos argumentaban que solo lo hacían los fines de semana, puesto que a esa hora tenían clase de matemáticas y de química.

Para salir del recinto escolar, trepaban hacia una pared por la parte posterior. Uno por uno iba trepando. Se ayudaban entre sí, mientras Heráclito, un chico larguirucho de ojos verdes y sumamente tranquilo, observaba. Vigilaba, por si acaso alguien iba a reprenderlos. Heráclito solía sentarse al fondo del aula, y constantemente lo fastidiaban porque de sus fosas nasales brotaba un líquido semiespeso y verdoso. Sus fosas nasales siempre estaban húmedas. Algunos docentes pensaban que era gonorrea nasal.

—Ponte al aguaite, Heráclito —decía Juanca.

—Toma, ten nuestros cuadernos. A la salida los llevas a la casa de Arlindo. Allí vamos a estar —le dijeron en coro.

Le habían entregado sus respectivos cuadernos (en ese tiempo nadie llevaba mochilas) para que los tuviera, y a la hora de la salida fuese a casa de Arlindo a entregárselos.

Mientras ellos se entretenían, Heráclito fue detenido, en la puerta de salida del colegio, por los auxiliares. Lo detuvieron porque en ambos brazos llevaba una serie de cuadernos que, por el peso, se iban cayendo.

—¡Oiga! ¿Y usted qué tanto cuaderno trae al colegio? —le preguntaron.

Desde ese día, el director se enteró de que ciertos alumnos se escapaban por la parte trasera de la institución. Tomó la decisión de entrar aula por aula para advertirles por tamañas travesuras. En el momento que ingresó al salón de tercero «B», escuchó a George, el gordito, entonar una canción. George siempre entonaba esa melodía:

—Me gusta la cotorra y aquí estoy, pues, con la cotorra...

En otra ocasión, el mismo director llegó y nuevamente lo escuchó cantando:

—Don diablo se ha escapado, tú no sabes lo que ha armado, ten cuidado, yo lo digo...

—¡Cállate! —le había gritado el director. Hizo silencio; sin embargo, le guiñó el ojo.

Edgardo murmuró:

—Es el brigadier. Se hacen los cojudos.

—Sí, parece que George y el director se tienen confianza —agregó Juanca.

El comunicado de ese entonces era:

«Señores estudiantes, el profesor de lenguaje no ha podido llegar hoy; por lo tanto, pueden quedarse quietos hasta que sea hora de salida. Ya solo quedan treinta y cinco minutos. Por favor ¿alguien que tome lista?»

—Yo, profesor —dijo Anita.

Anita empezó a tomar lista y, cuando le tocó nombrarse, ella misma se dijo presente. Todos alargaron la risa. Se rieron a carcajadas.

George era el brigadier, líder del grupo. Una vez se trompeó con un estudiante de otra sección, un tal «Zacario», quien se creía un gran peleador porque era «cinturón negro», «pero no le sacaba la entreputa a nadie», se dijo George.

—Ah, ¿tú eres el gran Zacario que anda que jodes al chibolo?

—¿A qué chibolo?

—A Edú, pues, huevón. No te hagas el imbécil. A ver, Zacario, sácame la mierda a mí.

—Aquí no, pues. Te espero a la salida, gordo de mierda —contestó Zacario.

No esperaron la salida. Alguno de los dos se hizo el olvidadizo. Después de un mes, George lo encontró en la Pampa de las Águilas. Solo hicieron las paces.

Rafael también trajo a su mente otra anécdota, y es que, en un examen de lenguaje, mientras el docente se paseaba por todo el salón, él, con total tranquilidad, extraía su cuaderno, que estaba en un cajón de aquellas carpetas antiguas, y copiaba. Catalín todo le celebraba. No solo Rafael cometía ese descaro. La mayoría en el aula plagiaba, pero sufrían más en los cursos de matemáticas y química. Se solicitaban entre ellos algunas respuestas y en la mayoría de los exámenes tenían que resolver problemas de álgebra y geometría o aprenderse de memoria alguna que otra fórmula. Las matemáticas no amaban a nuestros participantes, ni ellos a las matemáticas. Hubo algunas excepciones, tales como Eduvino, Riqui y Leonardo. Ellos «se comían los números» había dicho Catalín.

Si en aquel tiempo se hubiese entendido o explicado la existencia de las inteligencias múltiples y los hemisferios cerebrales, muchos egresados del nivel secundario serían talentosos, reconocidos y llenos de oportunidades en grandes disciplinas científicas y artísticas, en diferentes campos de acción dentro de la sociedad. Habrían triunfado en la vida, aunque en esta historia los protagonistas alcanzaron grandes logros tanto en lo manual como en lo intelectual, sin embargo, Rafael se lamentaba de no haber estudiado una carrera profesional.

Tan pronto como escuchó la melodía erótica y otras tres cumbias más en aquella cantina del distrito de Castel, dio el último sorbo de cerveza, optando por retirarse a su hogar con su popular bolsa de reciclaje. Entró a casa, se suministró una ducha y luego le sirvieron el almuerzo:

—Hoy te has tardado un poco, Rafa. Toma. Nuevamente tu pescado favorito —le dijo su esposa.

Si a Rafael le sirviesen lo mismo todos los días, no le importaría, no se empalagaría. Daba la vida por ese platillo. Aquel chicharro era su pescado privilegiado, ya fuese preparado en sopa, en sudado o en ceviche. Tan luego hubo degustado su exquisito jurel con arroz y zarza, además de haber saboreado un jarro de limonada, se lavó los dientes y fue a su alcoba, cogió una obra literaria de Julio Ramón Ribeyro y leyó uno de sus cuentos, titulado «Vida gris». Ese relato fue uno de los primeros de Ribeyro, y trata de la vida de Roberto, un hombre que no trascendió. Fue un personaje ni sobresaliente, ni deficiente. La palabra gris era un término medio. Así se sentía él, como Roberto, el personaje principal de ese cuento. Se sentía un mediocre. Se entristeció y, después de haber leído aquel relato, durmió su acostumbrada siesta.

Ya en su sueño vio que no era un reciclador, sino un profesional. No distinguía qué profesión era, solo se concebía como un profesional. En ese mismo sueño pasó a ser panadero, soñaba que vendía panes, muchos panes. Se visualizaba recorriendo calles, con una colosal canasta que le hacía sudar. No podía llevarla a cuestas. Vendía y vendía, pero los sabrosos panes no se acababan. No se terminaban.

Al despertar, no quiso ir a reciclar. Se quedó pensativo, rememorando a un personaje. Un gran señor que vendía rosquitas, cachitos y toda clase de bollos fuera del colegio «Sempiterno Favor». «Pelucas», le decían, y era un señor que poseía un carácter enérgico, potente, intenso a la hora de vender sus panes. Los muchachos, cuando estaban en tercero de secundaria, lo fastidiaban. Le escondían las empanadas. Lo hacían molestar, aunque luego se las devolvían. Pero hubo ciertos mozalbetes de otras secciones que sí le hurtaban las rosquitas.

Algunos de estos estudiantes se hicieron sus amigos. Entonces empezó a fiar su producto comestible, entre ellos, a Catalín y George.

—Allí estaba nuestro gran Pelucas, en las afueras del colegio, esperando la hora del recreo para vender sus deliciosos panes —decía Rafael.

Se acumulaban alumnos de todos los grados y secciones para degustar los sabrosos bollos y toda clase de derivados. Rafael y su «mancha» frecuentaban la canasta llena de los apetecibles dulces de este gran y excitable señor, que a la vez era tierno y encantador cuando no lo molestaban y, de hecho, ya había formado parte de la familia institucional.

Allí, alrededor de aquella canasta, ubicada encima de un doméstico banquito, Rafael reparó por primera vez la presencia de una atractiva jovencita, quien compraba deliciosas y calientitas empanadas. Era una esbelta y agraciada muchacha de tercer grado «C». Se llamaba Pretónica. Aquella atractiva y seductora muchacha fue deseada por muchos.

En ese año y en aquel grado, algunos compañeros aprovechaban el momento del recreo para irse de juerga a tomar chicha de jora. Aprovechaban que abrían el «portón», para, supuestamente, comprarle panes a Pelucas.

George, como era el brigadier, solo permitía estas barrabasadas a sus más allegados. Rafael, quien al inicio también se escapaba del colegio, no quiso escaparse más. Quiso permanecer dentro de la institución para mirar fijamente a Petrónica. Se había embobado desde que la vio por primera vez junto al canasto de pelucas. La seguía con la mirada durante todo el recreo. Luego, esperaba el momento de salida de clases solo para echarle un vistazo. No le hablaba. Se sentía tímido, timorato, al igual como se sintió con su vecina (llamada Olfa) cuando cursaba el primer año de secundaria. «Por eso es que repitió» había dicho su padre.

Se sentía vergonzoso para poder entablar una conversación con Petrónica y testimoniarle su afecto. Era hábil para otras cosas, menos para enamorar.

—¡Caramba! Otra vez me estoy ilusionando se dijo a sí mismo.

PETRÓNICA

Era linda, hermosa. Cuando la vio por primera vez, le pareció asombrosa. Su estilo al hablar era de un lenguaje florido, muy elegante. El uniforme gris le asentaba. Se le veía simpática, como una moza refulgente. La observaba en el recreo, en la formación de todos los lunes. Él necesitaba una sonrisa. Le bastada una mirada de aquellos ojos luminosos y nariz tan perfecta. «¡Qué encantadora!», se decía. Mirar su piel de ámbar le erizaba sus vellos. Era una chica fenomenal, muy dedicada a sus estudios. Poseía dulzura y carisma.

A veces, los alumnos de tercero «C» salían de clases unos minutos más temprano que los de tercero «B». Rafael, al no encontrarla, se marchaba a su casa. Ya no se quedaba jugando o perdiendo el tiempo a la salida del colegio. De vez en cuando, desde muy temprano, la esperaba al pie de la puerta de su casa para verla pasar. Ella vivía en la Av. Peruvian y necesariamente tenía que circular por la calle donde domiciliaba Rafael.

Todos los días, antes de irse a «estudiar» esperaba que Petrónica transitara por su vereda, para seguirla silenciosamente. Se contentaba solo con observarla. Resaltaba su presencia, su carisma y su beldad. El nombre de ella era el contraste a su belleza. A Rafael no le agradaba ese calificativo. Las jóvenes adolescentes de hoy en día «odian» a sus padres por haberles puesto un calificativo no concordante con la modernidad. Suelen tener dos y hasta tres nombres, pero eligen y desean que les llamen con el más moderno o con el que, en la mayoría de los casos, se constituye como extranjerismo. Pero actualmente también hay chicas que se llaman, por ejemplo, Kristel, Nallely, Xiomara, entre otros, pues ya no se estila colocar nombres como aquel, es decir, como el de Petrónica. Sus amigas de aquel entonces le llamaban «Peto».

No era ilusión, tampoco deseo. Lo que sentía Rafael era algo inexplicable, que con el transcurrir de los días se volvió encanto y atracción pura a su color de piel, a su sonrisa y a su personalidad. Después de algún tiempo, Petrónica se dejó envolver por la astucia de Leónidas (el compañero de Rafael en primero y segundo año de secundaria).

Rafael nunca se le declaró. No utilizó la astucia de recitarle un poema, como lo hizo con Olfa, su extraviada vecina; pensó que no era una táctica adecuada. Desde el momento en que vio a Peto se sintió muy atraído. No comprendió la razón por la cual se acrecentaba su pasión a la lectura, quizá porque a ella, a Peto, también le agradaba leer. Petrónica le causaba la inspiración que otras chicas no le proporcionaban.

La dulzura y encanto de mujer que poseía reflejaban la sencillez de su belleza, el aroma que emanaba lo hacía suspirar. En el recreo permanecía horas y horas contemplando disimuladamente su ser. Estaba maravillado.

Algunas veces los profesores expulsaban a ciertos alumnos del aula por alguna travesura, entre ellos a Rafael. Entonces, este se asomaba por la ventana de tercero «C» y la observaba, sin que se diera cuenta. Asimismo, estaba a la expectativa de la presencia de los auxiliares que por allí rondaban.

Un día reparó que Petrónica salió a la pizarra. Ella volteó a mirar hacia el exterior, y el profesor se dio cuenta. Al notar esto, Rafael salió corriendo a esconderse en el baño. Allí se mantuvo largo rato, hasta llegar a quedarse dormido. Al despertar, ya todos los alumnos de todas las secciones se habían retirado, supuestamente a sus respectivas casas.

La imagen de esta sensual chica se había insertado en la mente de Rafael. Su corazón latía de emoción. Y en el hechizo de su mirada había cierta hipnosis de la cual no podía escapar. La afabilidad que interpretaba Petrónica en su sonrisa eran los sellos que adornaban su existir.

Por esa época, Rafael empezó a cantar algunas canciones románticas. Emmanuel, un compañero de aula, le acompañaba con una guitarra a la hora de salida cuando Rafael no iba a su casa. Se quedaba en la esquina del colegio para soltar «sus gallos». Una vez acudió a una presentación artística dentro del colegio, cantó un vals acompañado de la guitarra de Emmanuel, y esperaba que Peto lo observara y lo contemplara. Su voz de declaración de amor era reemplazada por las modulaciones de sus cuerdas vocales, su canto dejaba translucir aquellos sentimientos llenos de amor, de pasión y quizá de gratitud, gratitud por el solo hecho de haber compartido el colegio con él.

A partir de esa presentación artística se acostumbró a actuar más seguido. Participaba con su desafinada voz. Se sentía un artista famoso en las susodichas actuaciones, interpretando baladas, valses y boleros; piezas que caracterizaban el romanticismo de músicos latinoamericanos geniales, como Leonardo Fabio, José Luis Perales, Los Panchos y Raphael. Este último era su cantante preferido, y también el de su madre. Es por ello que lo bautizaron con el nombre «Raphael», pero su padre, al inscribirlo en los registros públicos, estaba ebrio y no se acordaba de la escritura del verdadero nombre. Solo le pusieron Rafael, con «f» en vez de «p» y sin «h» intermedia.

Como asiduo cantor empírico que se había convertido, resaltaba las sublimes trovas que en esa época ofrecía (en su mente) para la tal Petrónica, sin que ella lo supiera. Y no lo supo porque Peto observaba los números artísticos de muchos estudiantes.

Aún la recuerda y quiere perpetuar su existencia, ya no con su canto, sino tal vez con recuerdos de objetos reciclables, como una flor ornamental, un peluche reciclado o un viejo CD de baladas románticas.

Rafael mira el reloj de pared y ve que todavía son las cinco y treinta de la tarde. Se lava y se cambia.

—¿Adónde vas, Rafa? —le consultó su esposa.

—A reciclar, pues, mujer —le respondió.

—Dijiste que no tenías ganas. Además, aún no son las siete de la noche —replicó ella.

—Es que me acordé de que una señora me ha prometido algunas cositas y solo estará a estas horas —mintió.

Cogió la bolsa de reciclaje y se marchó, rumbo al proceso de reaprovechamiento de enseres y objetos. Esta vez recorrería la Av. Peruvian, en busca de la antigua dirección de Petrónica. Aún la conserva: Av. Peruvian 123. Se detuvo en diagonal de la supuesta casa, a unos veinte metros. Ya no estaba el pino, árbol tan bien conservado en aquella época. Había una vereda y la casa ya no era solo de ladrillo, ahora estaba totalmente tarrajeada o enlucida, términos propios de los albañiles para demostrar que una vivienda está remodelada en base a un material de mayor calidad. La casa en mención ya no era de un solo piso, ahora poseía dos.

Cerca de aquella dirección rememoraba los momentos y se preguntaba: «¿Vivirá aún en esta casa? No creo. ¿Dónde estará ahora?».

En la época escolar, Rafael visitó ese lugar. Fue una tarde en donde, parado en una esquina, se dejaba acariciar por los leves vientos de un tórrido atardecer.

Recordaba aquel árbol, y recordaba que a la sombra de aquel árbol se había posado un pajarito arrocero. Él le arrojaba migajas de pan, la avecilla no se iba, lo acompañó solo por un par de minutos. En esa época, Rafael se contentaba solo con mirar su casa, aunque ella no lo descubriera. También traía a su mente los rayos del sol, que en esos tiempos no eran tan candentes como lo son hoy. En aquella remota tarde de visita crepuscular, se asomó Petrónica a la puerta de su casa. Se le veía fascinante, con un short pequeño, no tan ceñido como los que usan ahora las jovencitas, que dejan ver sus glúteos muy bien formados. Luego entró.

Como él era tímido para estos casos, le escribió una nota y se la envió con un niño.

—Toma, niño. Te doy tu propina. Llévale este papel y espera allí su respuesta.

La nota decía: «Hola, Peto. Quiero pedirte un favor, ¿puedes salir un ratito?».

Le había puesto ese mensaje, pero no lo había registrado con su nombre. El niño le dijo lo que le manifestó Petrónica:

—Dice que quién era el que le enviaba ese papel, pues ¿cómo iba a salir si no sabía su nombre? —dijo el niño.

Le envió otro y esperó largo rato: «Hola, Peto. Sal un ratito. Soy Rafael, tu compañero de clase, quiero pedirte un favor».

Cuando estuvo frente a ella, empezó a sudar. No salían a flote las palabras. El pajarito arrocero, el árbol y el niño eran fieles cómplices de sus anhelos. Ya empezaba a oscurecer (en esa época oscurecía más temprano) y el lugar era propicio y acogedor para decirle que le gustaba, pero no lo hizo. Se contentaba solo con saber que estaba allí.

—¿Qué deseas? Tú no estudias conmigo. Yo estoy en tercero «C» —le dijo, presionando con sus blandos dedos (pulgar e índice) suavemente el mentón de Rafael a la vez que le proporcionaba un cálido y efusivo beso en una de sus mejillas.

Este vio que sonreía y no dudó en deslizar sus ansiosas manos por esas curvas insinuantes. Ella rio, mirándolo con la más serena ternura. Él la observaba vehementemente, mientras sus manos iban y venían por sus cabellos, orejas y hombros, como fantásticos paseos de aventura y de amor. Estaba experimentando algo hermosísimo, algo celestial. Fue sintiendo la deslumbrante delicadeza de sus caricias, a través de aquellas manos femeninas con pulcras uñas pintadas de un color pasión; estaba sintiendo el tenue contacto de su piel. Pensó enloquecer cuando los dedos de sus manos vibraron de alegría, al toparse con un cuello que oscilaba los cuarenta grados de temperatura. En ese trance ya le había cogido por la cintura, y sus labios estaban a punto de rozar los suyos, pero se detuvo al escuchar palabras y susurros vestidos de ilusión, deseo y cariño por parte de ella. Se sentía un poeta al escuchar frases tan elegantes y coquetas. Miraba cómo sus bembos se balanceaban en movimientos apasionantes, mientras sus manos seguían jugando con aquel terso cuello y su corazón latía a mil por hora. Ya estaba perdiendo la noción del tiempo y del espacio, ya estaba previsto que aparecería el paraíso, ya se había entregado a la oscuridad de sus ojos, cerrándolos lentamente y sintiendo un impulso de cerrar el botón superior de su camisa, porque en esa época no usaba polos, solo camisas, pero ella no lo dejó, al colocar sus frágiles dedos intentando recorrer su sudoroso y fogoso pecho de hombre empequeñecido...

—¡Anímate! Allí viene tu chica.

—¿Qué? ¿Qué?

Al abrir los ojos, el niño le repetía constantemente:

—Que ahí viene tu chica. Despierta.

—Hola. ¿Qué deseas? Tú no estudias conmigo. Yo estoy en tercero «C».

Petrónica había salido de su casa, y le hizo tal pregunta mirándolo de pies a cabeza. Lo notaba muy inquieto, intranquilo.

—No, nada. Solo quería saber si tienes los apuntes del curso de matemáticas del día de hoy en la mañana. Como enseña el mismo profesor y hoy no fui, por eso deseaba saber si tú los tienes —mintió Rafael.

—Qué pena, amigo. Tampoco fui yo.

—No importa, disculpa. Iré donde otro compañero.

—Claro. ¿Acaso no te hablas con tus compañeros de aula?

Rafael no sabía qué decir:

—Mi compañero de carpeta tampoco fue y con los demás no tengo confianza, pero descuida. Y disculpa por haberte quitado el tiempo —siguió mintiendo nerviosamente.

—No te preocupes —dijo ella.

—Gracias, de todas maneras.

—Chau, amigo.

A partir de aquella ocasión, se saludaban en los recreos solo con señales de manos, desde una cierta distancia; es decir, desde lejos. De vez en cuando le consultaba sobre ciertos asuntos y datos de alguna asignatura, mas no logró declararle su afecto.

En su oficio de reciclador estaba nuevamente frente a aquella vivienda. Se volvió a interrogar:

—¿Dónde vivirá? ¿Dónde estará ahora? ¿Qué hago en este lugar? ¿Ya se habrá casado?

No preguntó. Tampoco hubo nadie por los alrededores. La casa le pareció deshabitada.

—¡Qué tonto soy! ¿Qué me hace suponer que aún vive aquí?, ya ha pasado muchísimo tiempo.

Después de unos meses, no sabe cómo, se enteró que quien finalmente conquistó a Petrónica fue Leónidas, uno de los hermanos Naipes. Incluso se casó con él.

Ya la había olvidado por completo, desde que se enteró de su compromiso con el tal Leónidas; no obstante, después de un tiempo, la reconoció cerca del óvalo Cultural. Estaba totalmente diferente. Se le veía abatida, alicaída, un poco acabada. Se acercó y le preguntó por el tal Leónidas:

—Ese idiota me falló —le había contestado.

Se había separado de él. No se casaron, solo convivieron. Petrónica quizá no se acordaba mucho de Rafael, ¿cómo lo iba recordar si nunca fueron amigos? Solo intercambiaron algunas palabras y gestos de saludo en el colegio.

En ese encuentro no hubo tema de conversación. Ni siquiera en ese momento le dijo que en aquella época escolar le agradaba tanto. La notó distraída, y, sin decir más palabras se despidió, pues sintió que le estaba quitando el tiempo. Ya no la ha vuelto a ver.

Hoy, Rafael solo guarda los bellos momentos compartidos con ella en el nivel secundario. Hoy evoca aquel rostro primoroso y sonrisa de niña inquieta y agraciada. No recuerda su apellido, para buscarla por redes sociales. Su objetivo era testimoniarle el afecto tan postergado que sintió cuando era estudiante. Solo eso. Pero ¿para qué? Quizá solo por chacota, a ver cuál era su reacción. Ya no era «la chiquilla de antes», de aquellos labios rojos y sensuales y sonrisa juvenil. Rafael comprendió que el tiempo es el mejor aliado del hombre, o, mejor dicho, del ser humano cuando se es joven, es el mejor tesoro de la gente cuando se es moza, es un elemento esencial que hay que saber aprovechar. Creyó que la idiosincrasia del peruano adolescente es aún «pobre» para el aprovechamiento, no solo en el amor y la ilusión, sino también en otros aspectos, como la educación y cultura. El tiempo avanza, no perdona. Y cuando menos lo piensas allí están las canas, las arrugas y las cicatrices del alma. Entonces ¿por qué y para qué en ese momento buscaría por redes sociales a Petrónica o a Olfa? Quizá porque Rafael era un ciudadano recolector de experiencias, o por ser un ser hipocondríaco que le rinde culto al pasado, deseando saber de la existencia de sus amistades, compañeros o amores platónicos. Por otro motivo no podría ser, pues ya estaba comprometido.

MÁS CHACOTAS (CHACOTADAS)

Al marcharse de aquella esquina colindante con la Av. Peruvian, y al enterarse que Petrónica no vivía ya en esa dirección, retornó a su casa. No quiso reciclar esa noche. Cenó y luego se puso a conversar con sus ya crecidos hijos, para luego repasar muchos pasajes y escenas de la vida escolar, principalmente del nivel secundario. Deseaba regresar a ese tiempo. Anhelaba esa vida. Extrañaba a sus compañeros de promoción.

Aunque en aquella etapa, siendo escolar, deseaba terminarla, hoy daría mucho por volver al colegio. Ello resultaba paradójico. Meditaba momentos en los que compartía anécdotas con Edgardo, uno de sus compañeros, con quien solía reunirse en los recreos. En el colegio «Sempiterno Favor» había una división entre un pabellón con otro. Allí, sobre un rumo de piedras, se sentaba junto a Edgardo para tramar sus picardías. Ambos hacían exasperar a la profesora de formación laboral. No tenían habilidad para los trabajos manuales, todo lo que dejaba la maestra, la madre de Rafael lo mandaba a fabricar.

A veces, cuando estos dos mozalbetes llegaban tarde a las clases, se sentaban en una pared bajita, semiconstruida, que quedaba en los exteriores del colegio, en la esquina, a la altura de la Av. Integración. Allí se sentaban a charlar.

—Puta, Rafa, no he traído el trabajo.

—¿Cuál trabajo?

—El de formación laboral.

—¿A qué hora tenemos con esa profesora?

—A la cuarta hora.

—Pucha, Edgardo. ¡Qué mierda! Ya nos jaló.

—De todas maneras, hay que entrar a esa hora, para que vea que asistimos.

—Yo no entro. Anda tú.

Al final los dos ingresaban para hacer rabiar a la profesora, quien a su vez le daba quejas a la tutora, una docente que tuvo a cargo la enseñanza del curso de Historia del Perú. Rafael y Edgardo, con sus barrabasadas, permitían que la mayoría de los estudiantes del aula actuasen de tal manera que hacían llorar de cólera a la docente tutora.

Es por eso que, ante las irritaciones generadas por estos alumnos, la tutora de aula fue cambiada por otra docente. Llegó al aula una maestra de nombre Mariana. Esta profesora, a parte de tomar el curso de Historia del Perú y de ser la nueva tutora, también enseñaba ciencias naturales, y en su rostro iracundo se dejaba leer e interpretar su malevolencia justificada.

—¡A mí quiero que me hagan llorar! —les había manifestado.

La profesora Mariana comprobó las malcriadeces y groserías de los estudiantes al recibir constantes quejas de los demás profesores, y ante esa situación les bajaba dos puntos en conducta por cada curso desaprobado. A raíz de ello, la mayoría salió reprobada en el primer periodo. La explicación que proporcionó la docente a los padres de familia sobre las bajas calificaciones en conducta de sus hijos, fue que «no eran relajados», sino que era una alternativa para que se esforzaran más en los cursos.

Milson, Edgardo, Rafael, George, Felícito, Catalín, Arlindo y Alexandro hacían caso omiso. Eran los más relajados del salón. Tanto así, que un viernes que llegó al aula el profesor de Geografía (el cual tenía una muletilla, pues para todo decía «justamente»); le apodaron «Justamente».

—¡Puta madre! Allí viene justamente —decía Rafael.

—Cállate, huevón. Ven —le indicaba Edgardo, y juntos se ponían de acuerdo para levantar los respaldos (que estaban flojos) de las carpetas de Oswald y Frank, para que cuando se sentasen se derrumbaran y les cayera en la cabeza.

Entra el docente y expresa:

—¡Saquen una hoja! Hay examen.

—¡Profe, no hemos estudiado! ¡No nos ha dicho con anticipación que iba a ver examen! —gritó Edgardo.

—¿Para eso gritas? Yo no aviso, en cualquier momento evalúo —había respondido el maestro.

—No le digas nada, huevón. Como nunca prepara clases, se le antoja tomar examen para amarrar la chiva. Copiemos, nomás —le dijo Alexandro a Edgardo.

—Bueno, les doy media hora para que repasen. Ya regreso —dijo el maestro.

Fue allí donde Alexo indujo a la mayoría a raspar las carpetas con una cuchilla de afeitar, para escribir algunos apuntes y poder copiar.

—¿Han traído su Gillette? Ya, sáquenla.

Los más relajados extraían sus navajas, mientras George, en ese momento, le lanzaba besos volados a Sofía y a Anita.

Después de culminar aquel examen, entró el director de la institución para dar un anuncio. Al salir, sin que se diese cuenta, Catalín lo parodió. Le imitaba su manera de andar, colocándose las manos en el bolsillo.

—¡Ja, ja, ja! No remedes al potrillo fogoso —gritaban algunos.

Al sonar el timbre de la institución, todos emergieron al exterior. Había finalizado la jornada académica de ese día. Rafael, como de costumbre, junto a sus compinches Alexandro, Catalín, Arlindo y Edgardo, vagabundeaba alrededor de la institución educativa antes de retirarse a su respectiva casa. Fue en una de esas andanzas que, detrás del colegio, observaron a un soldador que poseía una malla, en la cual había un loro dentro de una jaula. Catalín le señalaba a Edgardo:

—Mira. Esa es la casa de Eduardino y allí tienen a Gabildo.

—¡Ja, ja, ja! —los demás reían.

Al siguiente día fue sábado, y Rafael y los demás alumnos recordaron que debían asistir a un retiro en la parroquia del pueblo como parte del curso de Religión. Un profesor de apellido Mena los esperaba en las afueras del recinto educativo desde muy temprano, para conducirlos hacia la parroquia. En ese retiro pasó de todo, que al finalizar el docente señaló muy aturdido:

—¡Nunca más los vuelvo a traer! ¡Se han portado pésimo, muy mal!

A la semana siguiente, el lunes, la tutora Mariana les anunció que iba a llegar un nuevo docente, de apellido Rojas, en reemplazo de la anterior profesora de Historia del Perú para que se haga cargo de tal asignatura.

Rojas era un profesor de baja estatura, de ojos saltones y de voz sutil. Quiso imponer orden desde su llegada, lo que no agradó a Rafael ni a sus compañeros. Es por eso que, a partir de un incidente, en la puerta del colegio (los estudiantes le llamaban portón) se colocaron y se seguía colocando papeles a manera de avisos que a la letra decía:

«Prof. Rojas, deje a la chibola de tercero»

Quizás el orden y la disciplina que el nuevo docente de Historia imponía no era del agrado en todas las aulas, por eso no se supo quién colocó esos avisos en la puerta de entrada. Como apodo le pusieron «El Chato Rojas». Se creía que él afanaba a alguna alumna de tercero, pero no se sabía a quién.

Rafael y Edgardo especulaban de tres estudiantes. La alumna de tercero «A» de apellido Monga; de tercero «C», llamada Lucía y de tercero «B», su sección, llamada Sofía. Nadie sabía con exactitud a quién enamoraba el profesor.

«No son ellas. Soy yo, de tercero "B", a quien enamora ese chato» había dicho con su particular gracia «El Popular Negro Lodos», otro de los compañeros facinerosos del aula. Causó risa a los demás, porque lo dijo de forma amanerada, en son de broma, como él acostumbraba a decir cualquier ocurrencia. En sí, la mayoría de los estudiantes se preguntaban de la autoría de aquellos rótulos, puesto que no especificaban la sección de la mencionada alumna. Rafael se había dicho para sí mismo: «Espero que no sea Petrónica».

Debido a esos impases, el profesor Rojas se volvió estricto. Muy estricto. Es por eso que elaboró dos listas: lista negra y lista blanca. En la lista negra había puesto a toda la sección de tercero «B». Sospechaba más de Edgardo, Milson, Rafael, Catalín, Alexo y de George, pero no tenía pruebas. Incluso se rumoreaba que anhelaba trasladar al turno de la tarde a toda el aula.

Rafael y sus compañeros, que no deseaban pasar al turno de la tarde, iban explicando sus razones al director. Al final el Profesor Rojas no pudo con estos alumnos desadaptados, y tuvo que hacerse amigo de varios de ellos. En ese sentido, Rafael logró culminar tercer grado «B», junto a quienes él consideraba ya sus mejores amigos.

JALADOS

En cuarto año de secundaria, Rafael continuó con las barrabasadas, al igual que sus compañeros. Estaba contento porque no lo trasladaron al turno de la tarde. Observó una lista en el periódico mural advirtiendo que el profesor que le iba a enseñar matemáticas era Valencia. Se quedó perplejo. Era el mismísimo gordito a quien hacía un año le había gritado y llamado «ñoño».

En el primer período (ahora es bimestre), de cuarto año, cursó y terminó con 06. Esto no podía continuar así. Era su penúltimo año. No quería repetir de año. Sus padres le iban a recriminar.

—Me sacarán la entreputa si repito —se reprochaba.

Segundo periodo, 05. Bajó un punto. Obtenía estas calificaciones por dos razones: una, por perezoso; la otra, se supone, por venganza del profesor Valencia. Los ejercicios que trabajaba el docente, según Rafael, eran difíciles. «Recontra difíciles», se decía.

Ni Rafael, ni Catalín, ni Milson desarrollaban adecuadamente los ejercicios. Ellos recordaban las malcriadeces que cometieron en tercer grado.

—El docente nos tiene tirria —argumentaban.

—No puede ser, Milson. El gordo nos da ejemplos fáciles de matemáticas en clase, pero a la hora de los exámenes coloca ejercicios sumamente difíciles. Puta madre, no quiero jalar.

—Sí, pues. Se pasa.

Rafael rogaba que volviera el profesor anterior, el de primer año.

—¡Que vuelva Villazada! —se suplicaba.

En el fondo, Rafael pensaba que había venganza por parte de Valencia. Entre el profesor y él había una total indiferencia. No reclamaba. En esos casos sí era muy mentecato, pero para la palomillada no. «Eres bacán», «eres vivazo» le habían manifestado y reclamado otros docentes.

Tercer periodo, 08. Se sentía desaprobado. Ya no habría fiesta de promoción con su patota para el próximo año. Su madre estaba ilusionada porque creía que su hijo iba bien en los estudios. Hasta pareja le había conseguido ya.

Rafael vio su libreta de calificaciones y se sorprendió. Estaba ojeando sus notas, cuando apareció Catalín. Le dijo:

—Al profe de matemáticas lo podemos comprar.

—¿Qué dices?

—Sí, escucha. En cuarto año «C» hay un alumno que es su chochera y se encarga de recolectar dinero para entregárselo. Así, de esa manera, el profe le pasa el curso.

—¿Estás seguro?

—Segurísimo.

—¿Qué hago? ¿Cuánto es?

—Diez intis, o sea, diez mil soles.

—¿De dónde mierda voy a sacar esa cantidad? Además, yo tuve una palta con él, ¿te acuerdas? Cuando le dije ñoño.

—¿De veras? —dijo Catalín, y agregó—: Pero de todas maneras va a querer, porque si no, lo denuncias a la dirección.

—¡No! ¿Y si me expulsan? Él es maestro. Tiene todas las de ganar. Tiene de lado a sus colegas y alumnos allegados. Ahí sí que pierdo.

—Tienes razón, Rafael.

—Pero, dime, ¿cómo nos contactamos con el alumno que dices que es su pata y recibe el dinero? —consultó Rafael.

—Porque es amigo de mi hermano, que estudia en esa sección, y él me ha contado.

—Ah ¿del Pardo?, entonces háblale a tu hermano, porque yo no doy cara.

—Solo que no quiere más de veinte alumnos, y, además, ya me acordé de que tienen que ser de esa misma aula, donde estudia el pata de mi hermano. No de otra, por temor.

—¡Puta madre! No te entiendo. Me dices que lo podemos comprar y ahora me sales con esto. Allí sí que estoy fregado.

—De todas maneras, Rafa, intentaré. Le diré a mi hermano,

Norberto, que estudia en esa sección. Cuando traigas el dinero de repente se anima, con el dinero en mano quizás atraque. Aunque creo que ha dado de plazo quince días para que lo consigan.

Rafael tuvo que pensar.

—¿Cómo voy a conseguir el puto dinero? Déjame cranear, Cata.

—Listo, Rafa, consíguelo. Ya veremos cómo me las ingenio para que te acepte.

A la hora de salida, Rafael pensó en los diez mil soles, en cómo conseguirlos. Había conservado algunas obras literarias que su madre le compró. Vendió las suyas y una que otra obra de su hermana: *Los perros hambrientos*, de Ciro Alegría; *El ingenioso hidalgo Don Quijote de la Mancha*, de Cervantes Saavedra; *Frutos de la educación*, de Manuel González Prada; *Tungsteno*, de César Vallejo; *Matalaché*, de Enrique López Albújar y Ña Catita, de Manuel Ascencio Segura. Solo vendió esas obras literarias. No más, porque su hermana y su padre se darían cuenta y le procurarían tremenda paliza.

Solo reunió tres mil soles. Los ambulantes de venta de libros de aquella época no daban mucho por cada obra. Se le ocurrió decirle a su madre que solicitaban siete mil soles para la limpieza. A su padre no le hablaba, le tenía vergüenza y un poco de temor. Sabía que era muy furioso «fosforito», decía él. Su madre le creyó y tuvo que reunir el capital solicitado lavando mucha, muchísima ropa, y vendiendo algunos objetos de cocina. Pero antes de entregarle el dinero le comentó a su padre. Este fue a averiguar al colegio si era cierto lo que decía su hijo, y resultó que no.

—Señor, los servicios de limpieza no los paga la Apafa —le habían dicho.

Le suministraron tremenda tunda. Rafael no logró conseguir los siete mil soles restantes. Ya solo quedaban diez días para la entrega del dinero. Tampoco sabía si el profesor recibiría la plata, pues Catalín no le decía nada, solo manifestaba que su hermano iba a hablar con un compañero que era amigo del «profe» Valencia.

Catalín se enteró de que al mencionado alumno le apodaban el «Gordo Valdivia». Él era el encargado de recolectar la plata.

—Toma, Cata. No tengo más. Solo esto.

—Bueno, iré a ver qué dice —le contestó.

Se contactó con el amigo del profesor por medio de su hermano Norberto, es decir, con el Gordo Valdivia, para que se comunicara con el profesor de matemáticas.

—No tiene más —le había dicho Valdivia.

—Averíguate de qué sección es y cómo se llama —indicó el profesor de matemáticas.

—Se llama Rafael Zurita y es de cuarto «B».

—Bueno. Dame todo. La de él también —concluyó el docente.

«Al final entre gorditos se entienden» había comentado Rafael refiriéndose a Valdivia y Valencia (alumno y docente).

Al momento de hacerse pública la lista de resultados del curso de matemáticas, aparecían el nombre y los apellidos de Rafael y, al costado, la palabra subsanación. Le reclamó a Catalín, diciéndole:

—Cata, no puede ser. Me manda a subsanación.

—No te preocupes. Mi hermano me comunicó que aprobaste el cuarto periodo.

—Sí, pero la idea no era aprobar solo el cuarto periodo, sino todo el curso. La suma de los periodos da como promedio un resultado desaprobatorio.

—¡Ja, ja, ja! Por eso te manda a subsanación. Solo aprobaste el último periodo y no lograste aprobar el curso. O, de repente, como solo le diste tres mil soles...

—No te rías, huevón —le decía con cólera.

—No te alteres, hombre. De repente es una estrategia para que salgas aprobado después de esa subsanación.

—¡Qué! Seguro desea más plata, ese conchesumadre.

Paralelamente, el profesor de matemáticas le había pedido a Catalín que le consiguiera un albañil para que le hiciera un piso. Entonces, se contactó con Edgardo, quien poseía nociones de albañilería. Fue Edgardo, junto a Milson y Felícito, quien fue a construirle el piso. Ya para esa ocasión se le había entregado el dinero de los veinte alumnos de aquella aula. Entre ese capital, estaban los tres mil soles de Rafael. Parecía que el docente había aceptado. Igual tenía que aceptar, pues lo habrían podido denunciar. O tal vez no supo si esos tres mil soles eran de Rafael, aquel mozalbete que lo insultó alguna vez.

Tres días después, aquel asfalto, construido por los mencionados mozalbetes, estaba abultado, tumefacto. Totalmente deteriorado.

En el momento final de la entrega de libretas, Rafael abrió su registro lentamente. Estaba timorato, tembloroso y rezando mentalmente «Dios mío, que no me haya desaprobado, que sea mentira lo de la subsanación». Vio como promedio general en matemáticas un once. Pareciera que aquel cuadernillo era otro, o que hubieran cambiado alguna nota. La suma de sus periodos daba como promedio ese once. Respiró tranquilo. Analizó la situación y se preguntó por qué, «si había pagado cerca de tres mil mangos», no le pusieron, al menos, un catorce. El profesor había averiguado de quién se trataba y solo le consideró ese once. Quiso interpelar a Catalín, pero pensó «¿Ya para qué reclamar? Total, ya aprobé».

Fue a ver la lista y ya no aparecía la palabra subsanación, pero esa palabra sí estaba al costado de algunos de sus compañeros.

Al ver sus libretas de notas, Edgardo, Milson y Felícito se dieron cuenta de que no aprobaban. El profesor, rabioso de ira, los desaprobó. Irían a subsanación.

—Nos jaló —habían dicho Edgardo y Milson.

Fueron a reclamarle a Catalín, puesto que él sí había pasado el curso.

—Yo no tengo nada que ver. Seguro respondí bien las preguntas del examen. Lo que sí me dijo fue que el piso está hecho un desastre.

—Sí, pero tú nos contactaste para la construcción de ese «piso». Además, no nos han entregado ni siquiera los exámenes, para constatar —dijo Milson.

—¿Y de qué sirve que nos entregue los exámenes para ver si no entendemos ni mierda? Ya, dejémoslo ahí —se apresuró a decir Felícito.

—Puta madre, nos cagó, por culpa del piso. Imagínense, hasta Rafa aprobó —manifestó iracundamente Edgardo, sin saber el motivo.

—Sí, pues, nosotros tenemos que ir a subsanación. Esperemos que nos toque con otro profesor —dijo, muy desilusionado, Milson.

—No te preocupes, de que lo pasamos, lo pasamos. Ya deseo estar en quinto —manifestó, muy seguro de sí, Edgardo.

Catalín se dirigió hacia Rafael y le contó lo sucedido. Los dos reían. Luego, Catalín le dice:

—El único que obtuvo un veinte en la otra sección fue el Gordo Valdivia.

—¿Cuál Gordo Valdivia?

—El amigo de Valencia, el que recolectaba el dinero. Él está en cuarto «C».

—¡Mierda! ¿Y por qué no me dijiste que se apellidaba Valdivia? Él fue mi amigo en tercero, cuando yo cursaba tercero «B».

—¿Yo qué iba a saber? Creo que en algún momento te mencioné su apellido.

—No, para nada. Si me lo hubieses dicho, obtendría, al menos, un catorce de nota.

—Ya, hombre. Ya pasaste a quinto.

Rafael supo después que Edgardo, Milson y Felícito también aprobaron el curso de matemáticas, no supo cómo, pero aprobaron con once. Quizás el docente se arrepintió. Asimismo, se sintió aliviado al notar que Gabildo, George, Alexandro y sus demás compañeros salvaron todas las asignaturas.

LA KERMÉS

El reloj marcaba las diez de la mañana, y Rafael seguía durmiendo. Era domingo y los domingos no reciclaba.

—Rafa, levántate. Ya son las diez de la mañana. Ven, desayuna —lo despertó su esposa.

Sentado frente a la mesa donde consumía sus alimentos, ella le manifestó y consultó a la vez:

—Hoy es la parrillada que realiza doña Fabiola. ¿Vas a ir?

—¡Quééé! ¿Es bailable? ¿O es solo para recoger? —se sorprendió.

—Va a ser bailable —agregó su cónyuge.

—No hay plata para ir beber. Solo la traes. Así nos ahorramos el almuerzo.

—Che, seguro que con una va a alcanzar. ¡Ja, ja, ja! —dijo su mujer.

—¿Sabes, amor? Cuando yo estudiaba la secundaria no se llamaba parrillada. Se llamaba kermés.

—Sí, pues. Hoy lleva el nombre dependiendo de lo que se vende. Sí es parrilla, parrillada; si es pollo, pollada; si es ceviche, cevichada. Incluso, en Lima, hacen hasta conejadas.

—¡A su madre! ¿O sea que si preparan huevo frito cómo se llamará?

—¡Ja, ja, ja! —reía su mujer con ímpetu.

—¿Sabes, Rebeca?, como te decía, en la secundaria hubo parrillada y se denominaba kermés. Te cuento que allí hice una locura.

—A ver, te escucho.

—Estaba en cuarto de secundaria y se iba a realizar una kermés, con la finalidad de crear fondos para el viaje o el baile de promoción que se iban a realizar cuando ya estuviésemos en quinto.

Fue en aquella tarde que un alumno de apellido Tellón, de cuarto grado «A», vecino de Arlindo, y a quien le pidieron de favor que se encargara de la cantina (un aula improvisada), se descuidó por un instante, mientras, yo hurtaba un talonario de cincuenta tickets de cervezas junto con un amigo de barrio, llamado Josefino, al cual yo había invitado a esa kermés para disfrutar de tal sustracción. Primero comenzamos a pedir cervezas para darnos valor frente a lo que después íbamos a cometer. Pedimos una, dos, tres, hasta seis botellas bien heladas. Una vez empilados, empezamos a vender tickets de aquel talonario por lo bajo. Les vendíamos a alumnos de otras aulas.

En lugar de vender cada ticket al valor de la rica Pilsen y Cristal, como se vendía en la cantina en aquella época, lo ofrecíamos a mitad de precio.

Los escolares de cuarto y quinto grado de diversas secciones, con ese ticket en mano, se acercaban a la cantina a reclamar su trago y les entregaban sus respectivas chelas. Logramos vender cerca de veinte «vales», reuniendo cinco mil seiscientos soles. No nos acostumbrábamos a hablar en intis, porque nos confundíamos. Josefino y yo estábamos contando las monedas cuando nos dimos cuenta de que el alumno Tellón reparó la ausencia de un talonario.

Al notar a un comprador que le entregaba un ticket para el reclamo de una cerveza, le consultó de dónde lo había obtenido. Le contestó lo siguiente: «unos compañeros de la comisión me lo han vendido». Al notar lo sucedido desde cierta distancia, Josefino y yo salimos disparados. «Saquemos culo. Creo ya nos descubrieron», le dije.

Volvimos luego de tres horas, creyendo que ya se habían olvidado del impase. La mayoría de los alumnos estaban ebrios. Habíamos reunido cierta cantidad de dinero.

Al advertir que mis compañeros estaban en círculo tomando bebidas alcohólicas, nos acercamos y nos gastamos toda la plata reunida en aquella kermés. Allí estaba Arlindo, Milson, Alexandro, Oswald y Gabildo, quienes nos motivaron a beber. Todos daban su cuota para seguir bebiendo.

—Ah, Rafa, ¿qué así eras? —se sorprendía su esposa.

—Sí, pero fue hace mucho tiempo, mujer. Época de chiquilladas —indicaba Rafael.

—Sí, pero eso estuvo mal. ¿Con quién me he casado? ¡Caramba!

—Ya vas, Rebeca. Otro día mejor no te cuento nada. Te estoy diciendo que fue hace mucho tiempo, cuando era mocoso.

—Ya, bueno. Continúa.

—Nada más, eso era todo —finalizó Rafael un poco contrariado.

Él quiso seguir narrando los hechos, pero se desanimó ante el asombro de su esposa. Se quedó pensando. En su mente nadaban muchas puerilidades.

En ese mundo de algarabía, de tragos y de borrachera, no supo cómo fue a dar hacia otro círculo, donde se topó con el profesor Valencia, el Gordo Valdivia, George, el hermano de Catalín a quien le decían El Pardo y tres alumnos más.

En ese nuevo redondel siguió tomando (su amigo Josefino ya se había retirado).

De vez en cuando iba al baño y regresaba para seguir bebiendo con el profesor de matemáticas.

En aquella kermés terminó tumbado en los servicios higiénicos del colegio. Estaba totalmente ebrio. Frank, un compañero, al ir al baño y al verlo en ese estado, manifestó:

—Pucha, ha buitreado como mierda. Allí lo dejo, ya se despertará.

Quedó tendido, totalmente dormido. No se supo cuántas horas estuvo en ese lugar. Algunos de los visitantes, a aquel recordado bailongo, miccionaron de manera maliciosa en aquel cuerpo desaliñado y desamparado.

—¿Rafa? —preguntó su esposa.

—¿Qué?

—Te has quedado callado. Dime y ¿en esa kermés no hubo nada que comer?

—Sí. Hubo chuleta. Solo que desde temprano comencé a beber y me olvidé de pedir mi porción. Cuando quise reclamarla, ya no había. Se había terminado.

—¡Ja, ja, ja! Ya ves, por borracho y por ladrón.

—¡¿Qué te pasa?! ¿Por qué insultas? Fueron chacotadas de adolescentes. Mejor anda, trae la parrilla, no se vaya a acabar.

—¿Ve? Calla, hombre. Si recién son las once de la mañana.

CAMBIO DE AULA Y LA QUINTA NOTA

Había cursado tercero y cuarto grado de secundaria con quienes compartió los mejores momentos, con quienes colaboró en las más deliciosas frivolidades, tanto dentro, como fuera del aula y de la institución educativa.

En quinto año fue cambiado a otra sección de manera intempestiva. No solo él fue trasladado, también otros estudiantes, entre ellos Alexandro. La sección donde fue trasladado Rafael era quinto «A». Allí estudiaba el alumno Tellón, vecino de Arlindo, el alumno que estuvo en la cantina de aquella kermés fallida.

Rafael aún no lo podía creer. Fue separado de sus compañeros de fechorías. Fue apartado justo en el último año que quedaba para culminar sus estudios. Fue alejado de quienes hizo una gran amistad. Le molestó, porque en cuarto «B» los muchachos ya tenían planes, y estaba seguro de que continuarían con los preparativos para el respectivo viaje a Chiclayo y fiesta de promoción a finales de año.

No pudo hacer nada ante esta situación. Se esforzó un poco, porque deseaba terminar el colegio. No quería repetir de año.

Si bien odiaba en cierta forma los estudios, fue muy bueno para la lectura de obras literarias. En los recreos, de vez en cuando, buscaba con la mirada a Petrónica, y si no la veía se marchaba a su nueva aula para ojear algún capítulo de *La odisea* de Homero; *La eneida* de Virgilio o *Los perros hambrientos* de Ciro Alegría, obras que había solicitado y que formaban parte de la biblioteca del colegio.

Al quedarse solo en el salón, pues no conocía a muchos, solo a su amigo Alexandro, apareció Catalín en compañía de George y Arlindo.

—Oe, ¿qué haces acá, huevón? —le dijo George en ese momento.

—Me cagaron. Me han cambiado de aula.

—Pucha, qué pena —agregó Arlindo.

—Y no solo a mí, también a Alexo.

—Vamos a beber, mejor. No seas cojudo —inquirió George.

—Sí, vamos —agregó Catalín.

—No, mejor otro día. Deseo hacer amistad acá para después seguir copiando en matemáticas. Deseo terminar el año —explicó Rafael.

—No seas huevón. Buscaremos a Valencia —dijo Catalín.

—A mí no me ha tocado en esta sección. Es otro profe y por eso deseo hacer amigos y ver cómo es la cosa —argumentó Rafael.

—Bueno, tú verás —concluyó Arlindo.

En esta nueva aula conoció tres estudiantes de quienes se hizo compinche. Su aporte de cuota en su antigua sección fue devuelto por Gabildo, quien era el presidente. Ese dinero lo entregó al delegado de su nueva sección, que tenía pensado, con los demás estudiantes, realizar una fiesta promoción.

Los tres escolares de quienes se hizo amigo fueron un tal Ramiro, un tal Mirajulca y un tal Lores. También hubo vagancia en esa aula. A partir de allí, los cuatro escolares se escapaban a beber chicha de jora. Suerte tenían, porque la casa de Lores era un chicherío. En ese lugar expedían ceviches y cerveza. Bebían con el dinero de Mirajulca. Lores, por ser dueño de casa, invitaba de vez en cuando. Un día fiaron tres baldes de chicha y algunos platillos de ceviche de caballa. Rafael, como no pudo pagar su parte, tuvo que realizar un pequeño trabajo, que consistía en bajar tamarindos y mangos verdes para consumirlos con sal.

Un viernes, a la salida del colegio, enrumbaron a frondosos árboles del entorno del pueblo Las Orquídeas para bajar esas frutas tan apetecibles al paladar de aquellos traviesos adolescentes.

—Síguenos —le indicaron.

Ramiro, Mirajulca y Lores permitieron que Rafael subiera a los árboles. Una vez que estuvo arriba, arrojaba los seductores tamarindos y grandiosos mangos verdes para luego consumirlos con sal yodada.

Después de recoger las frutas, sus compañeros empezaron a lanzar piedras a la puerta de la casa, donde se ubicaba aquel árbol.

—¡Señora, señora! ¡Alguien ha subido al árbol! —gritaban, mientras huían apresuradamente.

Los perros ladraban y Rafael, desesperado, se lanzaba a tierra.

Al ruido del lanzamiento de las piedras y los ladridos de los canes, los dueños de aquella casa lo vieron y lo apedrearon. Casi le cae un pedrusco en la cabeza, pero solo le rozó.

—¡Puta madre! Son una cagada —se dijo y les dijo.

Sus tres compañeros reían a carcajadas.

—Ya, toma tu porción. Come y no jodas —le expresaron al tanto que le entregaban dos mangos verdes y unos cuantos tamarindos.

A la siguiente semana (habían tomado la costumbre de ir todos los viernes), al recorrer árboles y jardines, le aplicaron «ají mono» en la boca. Los labios de Rafael se hincharon y se mostraron totalmente encarnados. Quiso molestarse con ellos, pero al saber que Ramiro (quien era bueno para las matemáticas) lo dejaba copiar en los exámenes, tuvo que perdonarlos. Mejor dicho, Ramiro le soplaba las respuestas.

En otra ocasión asistieron al estadio Miguel Grau para presenciar un partido de fútbol. Jugaban equipos de la liga de Piura. Al no tener dinero para pagar las entradas, trataban de entrar sin pagar.

—Vamos a zamparnos —manifestaron.

—Sí, pero por la puerta principal es difícil —objetó Mirajulca.

Treparon, como de costumbre, por la parte posterior del recinto deportivo, donde las paredes no eran muy altas. Subió primero Ramiro y se dejó caer en un camerino. Luego escaló Mirajulca y también cayó. Rafael quiso hacer lo mismo, sin embargo, quedó atascado en un alambre que colgaba al interior de aquel muro. Lores no trepó, sino que se regresó a la puerta principal.

—Mierda, me atranqué. ¡Hey, ayúdenme! —gritó Rafael.

Ramiro y Mirajulca, desde adentro, solo observaban y reían. Entonces, aparecieron dos agentes de seguridad para socorrerlo. Una vez que le ayudaron a bajar fue conducido hacia la puerta principal, para luego ser expulsado con palos y gritos hacia el exterior.

—¿Qué pasó? —le consultó Lores.

—Me cogieron.

Aquel grupo de mozalbetes asistía también a los bailes de la época. Estos bailes eran celebrados por grandes orquestas de la localidad, tales como Agua Marina, Cantaritos de Oro y Armonía 10. Para el aniversario del pueblo Las Orquídeas acudieron a uno de ellos.

—Vamos a zamparnos —dijo Mirajulca.

Rafael, para esa ocasión, invitó nuevamente a Josefino, su vecino. Con él hurtó los talonarios de la kermés en el colegio cuando cursaba cuarto grado. Entre los cinco reunieron una pequeña cantidad de dinero para darle como propina al vigilante, quien estaba en la puerta de acceso. Mejor dicho, pagaron tres entradas, ingresaron cinco. Rafael fue quien formó la extensa fila de gente para comprar los respectivos tickets. A un paso de la recepción se las ingeniaron para ingresar. Por supuesto, ya habían hecho el trato con el vigilante.

Las travesuras que Rafael y su vecino cometían dentro del baile eran para celebrarlo. Mirajulca y Ramiro zapateaban con ímpetu al ritmo de las contagiantes cumbias, mientras Rafael y Josefino hurtaban las bebidas alcohólicas. Esperaban un descuido de ciertos asistentes, sobre todo de personas mayores, para sustraer solapadamente tanto botellas llenas como semivacías. Observaban los círculos que los asistentes formaban para beber y, al ver que colocaban las botellas de cerveza en la superficie del suelo, atacaban.

—Mira, allá. Esos patas deben estar borrachos. Vamos —decía Rafael y le señalaba a su compinche Josefino.

—Diplomáticamente, estos mozalbetes pasaban por el lugar sin decir nada. Simulaban ser recogedores de botellas y hurtaban una que otra bebida. Se marchaban, luego, hacia un rincón y las tomaban a pico de botella. Algunas las compartían con sus camaradas, Ramiro y Mirajulca.

En ese mismo baile se toparon con Tellón, el estudiante que estuvo de cantinero en la Kermés. Arlindo, en algún recreo, se lo había presentado a Rafael. En esa presentación de «amistades», Tellón le extendió la mano y se quedó mirándolo enigmáticamente, parecía que ciertos compañeros de aula ya le habían manifestado que Rafael y su compinche Josefino fueron quienes sustrajeron los tickets para la entrega de cerveza.

El joven, en ese baile, estaba con su enamorada y Rafael quería aprovecharse nuevamente de él.

—Josefino, escucha. Sígueme. Mientras yo saco a bailar a la hembra, tú entretienes y chupas con el pata, ¿ya? Lleva la botella —le sugirió Rafael, antes de acercarse.

La joven era muy linda y apoyaba su mano en el hombro de su enamorado. Rafael se les acercó y le convidó un trago a Tellón. Este les presentó a su enamorada y Rafael a su amigo.

—Te presento a Josefino. ¿Me das permiso de bailar con tu enamorada?

—Claro —contestó el joven.

Estando un poco ebrio, Rafael aprovechó el momento para galantearla. Deseaba quitarle a la compañera.

—Te invito a un baile la próxima semana, pero no le digas a tu chico.

Ella no le contestó, solo sonrió. Entre tragos iban y tragos venían, los cuatro siguieron charlando. Siguieron bailando.

—¿Sabes, Josefino? Logré sacarle la dirección a la hembra del pata.

—¡Ja, ja, ja! Te pasaste.

Cada vez que volvía a su hogar después de asistir a los mencionados «tonos», como él le solía decir, su padre recriminaba las anochecidas a las que se estaba acostumbrando. Le había manifestado, incluso, que no se juntara con un tal vecino llamado Gary, puesto que fumaba droga y temía que lo corrompiese. Eso se lo prohibió porque se enteró de que, en un baile popular, al tal Gary se le antojó fumar. En aquel festejo solo tomaron tres cervezas. Josefino, quien estaba aburrido, le había propuesto a Rafael lo siguiente:

—Está hasta las huevas el tono. No hay muchas hembras para bailar. Mejor vámonos al chongo. Yo invito.

—¿Y qué hacemos con Gary? —interrogó Rafael.

—Déjalo acá. Vamos nosotros. Total, debe estar bailando.

—No, pérate. Voy a decirle que ya nos vamos, pero antes voy al baño.

Dentro de los servicios higiénicos vio a Gary, que inhalaba una sustancia tóxica. Miccionó y salió sin decirle nada.

—Ya, vamos al chongo. Ta' que se mete un pitillo en el baño —dijo Rafael.

Los dos «amigos» emprendieron camino hacia la intersección de la Av. Zúniga y Av. de Panamá. Había una fila de autos, y se embarcaron en uno de ellos rumbo a un burdel que quedaba a las afueras de Piura. Antes de entrar a las respectivas habitaciones y cancelarles a las prostitutas por sus servicios sexuales, Josefino comentó:

—Primero hay que recorrer cuarto por cuarto, hay que ver bien el material.

Iban de puerta en puerta y colocaban la oreja para escuchar. Se escuchaban sendos gemidos:

—¡Acá… allí… allí!

—Esta debe ser profesora de geografía —decía Josefino.

—¡Más, más! ¡Ah… más!

—Esta debe ser de matemáticas.

—Ah… oh… a… u… uuh… uff.

—Esta es maestra de comunicación —agregó Rafael.

—Eres mi sol, eres solo para mí, así, sí… así… sí, sí.

—Y esta de música —dijo Josefino—. ¡Ja, ja, ja! —reían a carcajadas.

—¿Josefino?

—¿Qué pasa?

—Ya se me paró el pájaro. Vamos ya a meter fierro.

—¡Ja, ja, ja! Espera. ¿No ves que esos quejidos son fingidos? Esas cojudas lanzan alaridos para que termines rápido y así ganar tiempo a que entren otros clientes.

—Chanda, ¿que sí?

—Sí, Rafa.

—Pero, de todas maneras, ya entremos.

—Listo. Elijamos en el otro pabellón. Ya sabes, como no hay mucho dinero, las convenceremos para pagar dos polvos por uno.

En aquel burdel entablaron conversación con una fémina que tenía un cuerpo escultural, y en lugar de entregarse a la pasión barata, se hicieron amigos de ella, quien les contó su historia de vida. Andrea, que así se llamaba, era natural de Trujillo, y había llegado a trabajar a ese burdel de Piura tres meses atrás. Les narró que su pareja la había abandonado porque ella misma le había sacado la vuelta.

—Sí, muchachos. Yo le puse los cuernos a ese imbécil porque pensó que mi hijo no era de él. No me daba para mantener a mi hijo. A raíz de eso, conocí a un comerciante que me trataba bien. Claro, también me daba dinero y, sinceramente, también me daba duro.

—¡Qué! ¿Te pegaba? —consultó Rafael.

—No seas huevón, Rafa. Se refiere a que la culeaba bien —explicó Josefino.

—Ya sé, hombre; solo que es para hacerla sonreír —agregó Rafael.

—¡Ja, ja! Así es, chicos. Mi marido no me atendía bien ni económica, ni afectiva, ni sexualmente. Y al enterarse que me metí con ese comerciante me dejó y dijo que su hijo no es su hijo.

—Sí, pues, amiga, pero también le pusiste los cachos —reprochó Josefino.

—Pero imagínense: llegaba borracho, no me daba plata, no me atendía bien en «el ring de las cuatro perillas». ¿Qué querían que hiciera? Vino otro y me trató bien.

—Bueno, amigaza, queríamos un «polaco» contigo, pero ya se nos bajó la galleta al verte así, tristona —argumentó Josefino.

—Vengan en otra ocasión, hoy no es mi día; o, mejor dicho, no es mi noche.

La encontraron, pasado un tiempo, en la avenida Loreto. Estos dos mozalbetes iban un poco ebrios, y se le acercaron y la convencieron para irse juntos, los tres, a las pampas de un pueblo llamado Ricard Arrunátegui. Le manifestaron que le iban a retribuir bien por sus servicios. No buscaron un hospedaje barato en ese momento, porque no podían ingresar tres en una misma habitación. En el camino ella les contó que la botaron del burdel porque no cancelaba a tiempo el alquiler de habitación al respectivo dueño. La clientela era baja, decía. Ya en las pampas del pueblo de Ricard Arrunátegui, Josefino dijo:

—Primero yo.

—No, primero yo —se opuso Rafael.

—No jodas, yo la levanto primero —insistió Josefino.

—No, yo.

—¡Apuren, caramba! —decía la mujer.

Se pusieron de acuerdo, y Rafael, que fue primero, notando que debido a su ebriedad no podía terminar el acto sexual, se quejó:

—¡Ay, mierda! ¡Un zancudo! —a la vez que estampaba sendos manotazos en sus concernientes nalgas, para disimular su demora.

—Ya, amiguito. No puedes. ¿Para qué tomas? Que siga tu amigo.

Cuando iba a tocar el turno de Josefino, notaron a lo lejos un auto que proyectaba luces rojas intermitentes. La mujer y Rafael se vistieron rápidamente, y los tres se marcharon abrazados para disimular toda acción sospechosa. El auto era policial. Les alumbraron con la linterna desde lejos, pero no los siguieron. Fueron a un snack bar. Allí invitaron a Andrea a degustar una gaseosa y un sándwich de pollo.

—Puta, Andrea, hasta ahora no podemos culear contigo. El sábado iremos a verte —dijo Josefino.

Prometieron ir el sábado siguiente a visitarla, pero se olvidaron por completo, y cuando pasaron alguna vez por la avenida Loreto ya no estaba. No la volvieron a encontrar. En esa avenida solo circulaban travestis.

—¿Te acuerdas de Andrea, esa riquísima puta? —consultó Rafael.

—Sí. Oye... de repente no era prostituta y... fue travesti.

—¡Ja, ja, ja! No creo, porque tenía un rico culo y exquisitas tetas. Además, yo en las pampas de Ricard Arrunátegui le toqué su coñito y se me fue toda la mano —mintió Rafael.

Ante tantas escapadas hacia bailes y burdeles, llegando a su casa a altas horas de la noche, incluso llegando en la madrugada, el padre de Rafael siempre le recriminaba:

—¡Ya déjate de huevadas, Rafael! Tienes que terminar la secundaria. Pueda ser que salgas jalado. ¡Pueda ser que repitas, carajo!

Anhelaba salir invicto, pero las amistades lo inquietaban. Era el último año de estudios. Ramiro le soplaba las respuestas en los exámenes del curso de matemáticas. Se las ingeniaba para copiar en otras materias. Aun así, sus calificaciones eran bajas. Solo obtenía notas regulares en educación física y literatura.

Los profesores aconsejaban a los futuros egresados para que estudiaran, para que fuesen alguien en la vida, para que pudieran defenderse en una profesión. He allí que surgió la quinta nota. La quinta nota consistía en un mecanismo para salvar el año. Era un enfoque tradicional para alumnos que daban poca importancia a ciertas asignaturas en las clases cotidianas. Por esa época los alumnos se tenían que batir en una batalla escolar definitiva. La idea era que si el promedio de los cuatro periodos o bimestres no sumaba al menos 10.5, el alumno accedería a una especie de repesca para aprobar la asignatura. La quinta nota era esa especie de examen final en donde se podía salvar el año sin haber importado todo un lapso de estudios.

Rafael detestaba las clases, mas no las travesuras que cometía con sus compañeros. Tuvo que lidiar con la famosa quinta nota. Fue así como terminó sus estudios y culminó el año académico. La quinta nota lo salvó y salvó a varios.

Se sintió lleno de alegría al saber que aprobó con onces y catorces los diferentes cursos, tanto que visitó a sus compañeros de quinto «B». Fue a verlos a su respectiva aula, y se enteró que muchos de ellos también se habían librado con la popular «quinta nota».

—¡Cata, George, Riqui, Milson, Edgardo la hicimos! —les gritaba.

—Sí. Nos vamos de paseo en unos días —le contestaban en coro.

—Pues yo voy a la fiesta de promoción con quinto «A», mi sección —expresó, muy contento.

FIESTA DE PROMOCIÓN

Siendo las dos de la tarde, Rebeca, su esposa, fue y recogió la parrillada. La combinaron con su almuerzo y compraron una gaseosa familiar.

—¿Cómo está la parrillada? —preguntó Rafael.

—Aún no sé. Recién la vamos a probar, ¿no?

—Me refiero a cómo está la fiesta.

—Ah, recién comienza. Hay solo tres mesas con gente.

—¿Nadie baila aún?

—No, nadie.

—Seguro venderán la chela más cara de lo que es.

—Claro, pues es para ganar.

—Hasta acá se escucha la música. Va a estar buena la parrilla.

—Sí, Rafa, pero tú sabes que esas fiestas de parrilladas terminan en pleito.

—Sí, claro, por eso no voy.

—¡Ja, ja, ja! No vas porque no hay pa' la cerveza, dirás.

—Bueno, sí. Aunque tienes razón, lo malo es que terminan en broncas.

En ese momento se le vino a la mente la fiesta de promoción, su fiesta. Fue una conmemoración maravillosa. Había asistido con su madre, doña Roberta, y una vecina de pareja de baile llamada Dorina. A aquella fiesta de promoción asistieron todos sus compañeros de quinto «A». La ceremonia protocolar empezó con música romántica de fondo, música instrumental. Temas como «El pastor solitario», «Balada para Adelina» o «Vírgenes del sol» se dejaban escuchar a un volumen apropiado. En aquella mesa dorada se visualizaba una gran torta de tres pisos. Hubo repartición de bocaditos. Luego, surgieron las palabras del tutor de aula, que hicieron estremecer el cuerpo y alma de algunas compañeras, las cuales dejaban derramar algunas furtivas lágrimas por la emoción. Se formaron las parejas y empezaron a bailar el vals de aniversario.

Después del baile empezó la algarabía. Circulaban los más exquisitos tragos. Los refrescos y la chicha morada eran para las madres de familia que acompañaban a los hijos promocionales. Posteriormente, apareció la suculenta comida, que consistía en torrejas de carne de cerdo con dulce de piña (clásico platillo para las fiestas promocionales).

Todos los alumnos de la promoción de quinto «A» bailaban, con sus respectivas parejas, las pegajosas cumbias, salsas y merengues del momento. Rafael recordaba una hermosa cumbia de los Pakos, denominada «Corazón frágil» que también escuchó y bailó en la susodicha kermés realizada en el colegio.

Terminaban de danzar esas piezas musicales y empezaban a formarse círculos de amigos donde bebían sin parar. Rafael compartía tragos con Mirajulca y Ramiro. Recordó a sus excompañeros de quinto «B», sus «promos», les decía.

—¿Tú conociste al profe de matemáticas? —le consultó a Mirajulca.

—Hay varios. Tres, creo. ¿A cuál te refieres?

—Al gordito.

—Ah, sí, pero a mí no me enseñó.

—A mí sí, y nos cobró, a varios, un cupo para pasar el curso, cuando estábamos en cuarto «B».

—Anda, ¿que sí?

—No creo que no sepas que cobra.

—No, de veras. Hubo rumores, pero no sé si eran verdad.

—Dice mi pata Catalín que cuando el profe de matemáticas vio mi nombre en la relación de pagantes se sonrió sarcásticamente.

—¿Por qué?

—Porque yo le insulté una vez, le puse una chapa.

—El tal Catalín, tu amigo, ¿era pata del profe?

—Lo conocía un poco, pero quien recolectaba el dinero era otro. Un tal Valdivia, el Gordo Valdivia. Ese sí era su pata.

—¿Y cómo lo supo tu amigo? —le preguntó Mirajulca.

—Cata me dijo que el Gordo Valdivia era amigo de su hermano, El Pardo, que estudiaban en la misma sección, y que el Gordo Valdivia era el encargado de recolectar el dinero. Fíjate, el profe Valencia se llevó como ciento setenta mil mangos. Algún día lo van a joder, al gordito.

—¿A Valdivia?

—No, al profe Valencia, el de matemáticas.

—Viejo cabrón y cruterazo.

—Bueno, a los dos, porque eran patas y da la coincidencia que los dos son gorditos.

En ese momento, Ramiro, el otro compañero de quinto «A», les dijo:

—Ya suelten la chela. Pasen la botella.

A diferencia de otras secciones, como la de quinto «B», la sección de quinto «A» no tuvo muchos ahorros, incluso algunos padres no colaboraron por falta de dinero. Es por eso que solo se repartieron dos cervezas por alumno, y, cuando se acabó tal distribución, se empezó a vender. Cada uno de ellos tenía que comprar cerveza en la cantina si quería seguir bebiendo.

En ese círculo formado en la pista de baile, Rafael, al notar que Mirajulca tenía una cerveza semivacía en la mano, se dio cuenta de que le iba a tocar la botella con concho. Y según normas de aquella época, al que le tocaba el concho, tenía que volver a llenar la botella, es decir, adquirir una cerveza. «¡Mierda!, me va a tocar el culatazo» pensó Rafael.

Miró de reojo a Mirajulca y vio que quedaba poquísimo líquido en la botella, casi nada. Fingió y dijo apresuradamente:

—Voy al baño. Ya vengo, voy a achicar.

Cuando retornó, transcurridos diez minutos (calculó bien), había seis botellas llenas de cerveza bien heladas en el suelo. Estaban completamente selladas.

Siguieron celebrando la fiesta de promoción.

—Seguimos chupando —cavilaba Rafael, leyéndose en él una amplia sonrisa sarcástica.

Cerca de la dos de la mañana estaban totalmente embriagados.

—Ya están todos estúpidos, llorando a moco tendido —dijo Dorina, la pareja de baile de Rafael, quien se encontraba aburrida porque en lugar de que su acompañante la sacara a bailar, se había puesto a beber.

—Ya, vámonos, señora. Su hijo ya está borracho.

La madre y pareja de baile lo abandonaron. Doña Roberta entendió que era su fiesta de promoción y sabía que Lores, otro compañero de aula, no bebía mucho y conocía la dirección de su domicilio. Por eso le recomendó:

—Allí te lo encargo. Por favor, se vienen juntos. Toma. Allí te dejo para los pasajes. Por favor, tomas un taxi y lo vas a dejar a mi casa.

—No se preocupe, señora. En media hora termina todo. Yo lo llevo.

—Gracias, hijito. Cuídense.

Las corbatas desanudadas, los botones de las camisas fuera de lugar, los cierres del pantalón abiertos y fuera de las pretinas, los cabellos alborotados. Rafael, totalmente ebrio, lloraba por tres razones:

Se iba de la escuela. A pesar de no terminar quinto año con sus compañeros de quinto «B», no volvería a ver a sus amigos Catalín, Arlindo, George, Milson, Oswald, Gabildo, Frank, Eduvino, Ricky, Heráclito, Juanca, entre otros.

No volvería a ver a Petrónica, la chica de Quinto «C», la más linda de todos los quintos: incluso de todo el colegio. Así lo creía.

Le dolía la pérdida de los tres mil «mangos» (así decía) que aportó por el curso de matemáticas. Le hubiesen servido para comprar más cervezas. «Ni modo. Creo que valió la pena, si no, no hubiese pasado a quinto. No hubiese terminado, ni participado de esa fiesta», había pensado.

En aquella borrachera, en esa algarabía, recreó todas las peripecias cometidas con sus compañeros de quinto «B» durante todo el proceso de enseñanza-aprendizaje. «¿Dónde están muchachos? ¿También tendrán su fiesta?» se preguntaba y gimoteaba.

En ese instante se le acercó Tellón. Estudió con él en el último año.

—¿Ya estás borracho? —le dijo.

—Sí. Oye, Tellón, yo fui el que te quitó la hembra, por una sola vez. Salimos una noche.

—¡Qué pendejo fuiste! La dejé. Pero igual te mereces esto —propinándole un fuerte puñetazo en el rostro.

Se armó el pleito. En la fiesta solo quedaban entre diez a quince parejas. Allí nomás expulsaron a todos. Ya en el exterior hubo una gresca que Rafael ya no recordaba.

Esa noche tomó mucho licor. Solo recuerda que su madre lo despertó. Le dolía la cabeza, le pesaban los párpados, los ojos estaban totalmente rojos y achinados, su mandíbula estaba completamente hinchada y en el hombro tenía una gran herida. Se había acostado con la ropa de la noche anterior. Solo se quitó la corbata y los zapatos.

—He buitreado —se dijo.

Su padre lo perdonó porque había sido su fiesta de promoción. No se enteró de la pelea.

—Me he caído en el baño del local —le mintió a su madre.

Cuando se dirigió a los servicios higiénicos de su hogar, en aquella mañana, pensó: «Etapa de diversión. Etapa de jolgorio. Etapa de perra vida. Mierda, me duele todo el cuerpo».

Se duchó, se cambió, fue al comedor a disfrutar de un suculento ceviche de jurel, su pescado privilegiado. Después de saborear su ceviche y tomar un poto de chicha de jora, se preguntó:

—Y ahora, ¿qué puta vida me espera?

EL RECICLADOR

A partir de entonces, desde que culminó sus estudios secundarios, Rafael se dedicó a jugar a las cartas en las esquinas todos los días. Practicaba fulbito los fines de semana. Solo en una oportunidad trabajó de ayudante de albañilería. Se aburría rápidamente. Así estuvo en la holgazanería durante mucho tiempo. De hecho, sus padres lo amparaban.

—Ya estás viejo. No quisiste estudiar una carrera —le increpaba su padre.

—Es que yo no he nacido para eso.

—Ni siquiera has aprendido un oficio empírico. Ni te las buscas.

—Ya, ya. Mañana busco algo por ahí.

—Así dices y no consigues nada —declaraban, tanto su padre como su madre.

Habían transcurrido cerca de seis años desde que culminara la secundaria, y ya extrañaba las picardías del colegio. No las clases, sino las barrabasadas que cometía con sus excompañeros de aula, tanto de quinto «A» como de tercero y cuarto «B». Echaba de menos a sus compinches. Pensaba en Catalín, George, Gabildo, Eduvino, Juanca, Edgardo, Milson, Alexandro, Riqui, Arlindo, Frank, Felícito, Heráclito, entre otros.

Ya había cumplido los veinticinco años de edad. Le suministraban desayuno, almuerzo y comida. A esa edad se enredó en amoríos con una vecina. Convivió con ella y después de tres años nacieron sus dos vástagos.

Doña Roberta y don Rolando aprobaban su holgazanería por amor a sus nietos, siguieron asistiéndolo con pareja incluida. De vez en cuando vendía refrescos en el verano. En otros momentos cumplía el rol de colaborador en un taller de mecánica. Su padre siempre le suplicó que le ayudara en la agricultura en los momentos que viajaba a Huancabamba, pero no le hizo caso. Sabía que su progenitor lo apoyaría por amor a sus nietos y a su nuera. Por eso se despreocupaba.

Pasado un tiempo, su hermana Azucena, que había logrado estudiar una carrera técnica (estudió secretariado ejecutivo), se comprometió con un comerciante de productos lácteos, yéndose a vivir lejos, fuera de Piura. Ella reapareció solo en el momento que sus padres fallecieron, luego se marchó.

Desde que sus padres ya no estuvieron, Rafael vivió con su mujer y sus pequeños hijos en la casa que estos le dejaron, aquella vivienda del barrio Las Orquídeas, uno de los tantos pueblos jóvenes que alberga la ciudad de Piura.

Tuvo que buscar trabajo a como diera lugar. No lo hallaba. No sabía hacer nada. Su cónyuge tuvo que lavar ropa de ciertos vecinos para solventar algunos gastos. Se adeudaba el autoevalúo y las cuotas iban en aumento. Solo cancelaba luz y agua.

Fue entonces que empezó a recoger objetos medio servibles para luego venderlos a los vecinos. Inmediatamente, entró de recuperador primario de residuos macizos para una pequeña empresa de reciclaje que transformaba, comercializaba y reutilizaba esos residuos. No sabía hacer otra cosa. Con el poco dinero que le sufragaban mantenía a su familia.

Así anduvo diariamente, recorriendo calles para solventar sus necesidades, mientras inmortalizaba en su mente los «divinos momentos» de aquellos años maravillosos compartidos con sus compañeros más allegados de tercero, cuarto y quinto grado «B».

Se enteró de que su pueblo Las Orquídeas ahora pertenecería a un nuevo distrito llamado Nuevo Resplandor.

Después de haber saboreado en el almuerzo la suculenta parrillada acompañada con su gaseosa familiar, que había adquirido a su vecina doña Fabiola, y de conversar con su esposa Rebeca largo y tendido sobre las deudas de casa, recordó que un excompañero de quinto «A», un tal Ramiro, el estudiante que le soplaba en los exámenes, trabajaba en la municipalidad del reciente distrito Nuevo Resplandor. Lo había visto en un programa de televisión local días antes y tenía en mente ir a buscarlo.

Al día siguiente, lunes por la mañana, Rafael se encontraba en la puerta principal de aquel municipio.

A partir de aquella conversación que sostuvieron, después de saludarse con un afectuoso abrazo, Ramiro lo recomendó con un funcionario, para que ocupara un puesto dedicado a controlar y organizar recursos basados en el reciclaje, en donde ya no concurría a las calles. Sería el ordenador de ciertos bienes cosechados y el inspector del personal de ese reciclaje. Para ello tendría que ser llamado por aquel funcionario, siempre y cuando aprobara la entrevista que sostuviera con él.

—Rafa, pero tendrías que dejar el trabajo de la pequeña empresa.

—Sí, amor, porque allí soy solo un obrero, y acá en la Municipalidad de Nuevo Resplandor ascenderé y ganaré un poco más, supongo.

—Bueno, ojalá sea cierto y te llamen. Por lo pronto no abandones, si no estás seguro.

—Claro. Ramiro me avisará.

Mientras esperaba la respuesta de Ramiro, siguió recorriendo varios lugares, logrando recolectar muchos enseres. Una mujer de gran alcurnia, conocida por él, dentro de lo que tenía guardado para entregarle, le obsequió un celular de teclas pasado de moda. Lo único que debía hacer Rafael para darle uso era conseguir un chip. Él siempre había querido un dispositivo electrónico. Sabía que estaba inmerso en la época de las tecnologías de la información y la comunicación: la era digital. Advertía cómo algunos vecinos poseían móviles digitales y se desesperaba por obtener uno, pero al pensar en las deudas y los gastos de casa se regañaba por no haber estudiado una carrera profesional.

En ese recorrido de avenidas, cerca de las diez de la mañana, se sentó a descansar en la banca de un hermoso parque (su lugar preferido) de la urbanización Los Tulipanes y vio que, frente a él, en un arbolito, se encontraba una hermosa palomita cuculí de bellos ojos azules con sus dos crías, que, hambrientas, recibían del pico de la madre los alimentos respectivos.

El ave construyó su nido allí, en aquellas ramas donde a diario, en época primaveral, llegaban a dar su concierto pequeñas aves, tales como soñas, negros finos, arroceros y todo tipo de pajarillos. Aquella tierna escena le causó un estado de sosiego y meditó: «Para estos seres que Dios creó no llega la tecnología. Sin embargo, su presencia permite darle a la vida un aroma ensoñador, de encanto, de paz frente a tanta contaminación ambiental y digital».

Luego se quedó profundamente dormido y, al despertar, se marchó rumbo a Los Naranjales, un pueblo nuevo que visitaba por primera vez.

En ese pueblo se encontró con Milson. Mejor dicho, fue un reencuentro. Se saludaron con emotivas muestras de satisfacción. El compañero de promoción regaba y cultivaba un jardín muy precioso. Parecía un vivero. En ese huerto se cultivaba variadas plantas de diferentes tamaños. La temperatura ambiental era adecuada por ser una zona libre de fábricas y tránsito vehicular.

El reciclador se emocionó al haberse topado con Milson. Charló largo tiempo con él y se quedó asombrado y encantado de tan grande y hermoso vergel. Era un semillero que para él serviría como un espacio de meditación. Era como estar en comunión con la naturaleza. El jardín representaba el universo y le impregnaba vitalidad y serenidad a quien se introdujera en él.

—Así es, hermano. Este jardín representa la tranquilidad total y me levanto desde las cinco de la mañana para regarlo. Es muy amplio.

—Qué lindo, Milson.

—Las plantas son seres vivos que también necesitan del cariño de los humanos. Tengo un familiar, también, en mi pueblo de origen, al que le encantan las plantas. Es un primo que se dedica a labrar la tierra, aquella tierra que nos permite llevar los alimentos a nuestra familia; tierra linda que contribuye a llevar el sustento a otras comunidades, porque los frutos, Rafa, que de esa parcela se obtienen contribuyen al desarrollo de un país. Pero ¿de qué desarrollo hablamos hoy en día, mi estimado Rafa?

—Sí, pues.

—Mi primo no es un erudito, pero habla con los árboles; no sabe leer libros, pero *sí* leer la «viveza» y la «maldad» de algunos de mis compatriotas; no tiene una profesión, pero posee una pasión por la naturaleza; no posee autos, cadenas de oro, ni ropa de marca, pero tiene una familia y un hogar; no saborea un Dougie dog, un Le burge extravagant o un cóctel 27, pero sí una yerbaluisa, un jugo de papaya o un arroz con pepián. Su color de piel no es blanca, ni suave, ni remodelada con pinzas de cirujano, pero sí es una piel maciza y unos brazos fuertes para abrazar a su esposa y labrar la tierra. Tiene sesenta y cuatro años de edad, pero parece de cuarenta y seis. Se alimenta bien con los frutos de su parcela. No posee copas de licor para decir salud a cada rato, pero sí tiene buena salud y hermosas copas de tupidos *árboles para respirar el aire puro. Ellos, los árboles,* le hablan, le dicen «no te vayas, Omar. Riéganos. Que en el albor de cada día te dejes abrazar, mientras tengamos vida».

Ignora muchas cosas. Muchísimas quizás, pero te puede jurar y afirmar dondequiera que él vaya que todo aquel que en estos momentos forme parte de un ayuntamiento, o que nos represente políticamente, es un ser que solo quiere el poder para vanagloriarse y llenarse los bolsillos. Manifiesta que nadie que aspire al poder tiene el deseo de ayudar sin antes favorecerse. Una vez llegó un encuestador al pueblo para consultarle sobre la candidatura de un nuevo gobernante. «No me jodas con esa interrogante estúpida que está de más responder». Así le dijo. Asimismo, el visitante le consultó si deseaba ir a la ciudad para trabajar, y mi primo se negó. «Ni siquiera me nace ir a la ciudad, estoy bien aquí, cultivando mis deliciosos mangos en donde su jugo endulza mi vida y las de mi comunidad. No voy a la ciudad, porque así me aconsejan mis árboles. Allá existe envidia y coraza. Así que, mi estimado encuestador, no me invite a viajar hacia la incertidumbre y no me pregunte si estoy a favor de ese candidato. Es como dejar de comer los frutos de mi tierra por comer cochambre. Mire, yo le digo que estas cosas, sabiéndome un poco ignorante, no van conmigo, pero sí he escuchado que las hojas de mis árboles al mecerse por el viento me dicen que los que rodean el corazón de la urbe son perros amaestrados de una jauría sin dueño».

Contemplar un vergel, para Rafael, fue como sumergirse en un sueño en el que las margaritas eran alfajores y las violetas, sápidos hojaldres. Había un pequeño estanque, en el cual, al observar sus cálidas aguas y al oír el tierno susurro de aquellas hojas de magníficas plantas, se imaginó escuchar las voces de sus compañeros sempiternos: era la música de sus emociones, de sus agitaciones, de sus cantinfladas.

En aquel jardín donde trabajaba Milson cantaban pájaros jamás escuchados en su adolescencia. Le hizo recordar aquel pajarillo arrocero común y corriente que se posó junto a él en su loca aventura de querer conquistar a Petrónica, allá por los años maravillosos. Como un fluir constante de sensaciones, colores y texturas, el reciclador se embelesó. Se despidió de Milson, no sin antes manifestarle el agrado de ese reencuentro. «Vendré otro día», le dijo.

Al retornar a su hogar se topó con un vecino, el cual tenía un corral de aves, entre ellas loros, negros finos y soñas encerradas en sus respectivas jaulas.

—Mira, Rafael, esta ave. La voy a soltar —le dijo, al mostrarle una pequeña celda con una soña en su interior.

—¿Por qué? —preguntó Rafael.

—Esta ave necesita ser libre, al igual que las otras que tengo allá, adentro. Son animales de la naturaleza y su libertad contribuye al medio ambiente.

Rafael se quedó pensando, al final manifestó:

—Tienes razón.

Había entendido que el Perú es un país de extraordinaria variedad de recursos vivos y ecosistemas. Sabía de la diversidad biológica, llamada también biodiversidad. Eso lo había leído y escuchado a través de los programas de televisión.

Entendió que en el Perú se ha producido un largo proceso de domesticación de plantas y animales, que nuestro país es de gran importancia y que posee un potencial tanto para el desarrollo ecológico como para nuestra cultura.

Teniendo en cuenta todo ello, comprendió que su oficio de reciclador era importante. Debía mejorar y debía darle mayor significatividad. Si bien es cierto que su trabajo no era muy rentable (por eso esperaba la respuesta del funcionario por medio de Ramiro), sin embargo, se sentía algo satisfecho de contribuir con la naturaleza.

Pensó que la contaminación ambiental que presenta el mundo entero resulta alarmante. Entendió que la revolución industrial, y aquellas máquinas que con sus ruidos y olores estropean paulatinamente nuestro sistema auditivo y respiratorio, resulta un problema para la sociedad.

Observó, en su labor de reciclador, que los postes de alumbrado público, en algunas zonas, estaban encendidos casi las veinticuatro horas del día. Advirtió la tala de árboles (se empezó a tumbar árboles en un centro educativo). Percibió el humo de cigarrillos en jóvenes y adultos, en especial muchas señoritas que por el centro de la ciudad daban mal aspecto, fumándose un cigarro a vista y paciencia de gente como niños y ancianos que podrían ser afectados.

Pensaba: «Yo no fumo. Bueno, de vez en cuando me tomo una chelita. Pero ese no es vicio».

Se daba cuenta, a pasos agigantados, del avance de la tecnología con dispositivos altamente sofisticados (tecnología digital). Se enteró del derrame de petróleo en una bahía de un país latinoamericano, en donde las pobres aves se vieron afectadas. Aquellas gaviotas y pelícanos se enlodaban, observándose espesas gotas oscuras en sus picos, ojos y alas. Se encontraban totalmente manchadas, llenas de ese líquido fulminante, no pudiendo volar, ni abrir los ojos, ni abrir el respectivo pico.

Comprobó que los piuranos no ayudamos a colaborar en la no contaminación de nuestro hábitat, pues observaba a gente inescrupulosa votando basura por doquier. Asimismo, veía el mal uso de la luz y el agua, desagües desbordados por avenidas, causando olores pestilentes que no son soportables para aquellos que transitan por esos lugares.

Alcanzó a ver autos elegantes que corrían a toda velocidad por zonas donde había viviendas y carreteras de arena, levantando polvo inmensurablemente, sin respetar a los pobladores. Observó paredes mancilladas en establecimientos públicos, como instituciones educativas y fábricas; se percató de edificios con propaganda política a base de pinturas de mala calidad que provocaban hedores antiestéticos.

«Pero ¿qué hacen las autoridades de nuestra región?» se preguntaba.

Leyó en un periódico local una noticia sobre un meritorio ejemplo en la conservación del medio ambiente: «Costa Rica había celebrado el día mundial del medio ambiente sembrando gran cantidad de árboles. Se había participado de una actividad en una facultad de una universidad, donde se sembró un árbol como parte de una campaña de esa casa superior de estudios, que ostentaba plantar un millón de árboles en 26 países». «Eso era digno de aplaudir» Se decía Rafael, mientras recordaba la tala de árboles en un centro educativo local, aquellos arbustos que dieron sombra y alegraban los amaneceres, embelleciendo la acuarela natural, al mismo tiempo que servían de pulmones a su ciudad.

Él, desde que observó aquel vergel de sublimes vegetaciones que muy bien regaba Milson y desde que vio la escena de aquella paloma cuculí en un árbol, se interesó por el medio ambiente. Si bien antes creía que cumplía funciones de reciclador para subsistir, hoy entendía mejor y deseaba contribuir a la no contaminación.

Pensó que ciertos funcionarios, en lugar de andar envueltos en complicaciones domésticas, olfateando para poder satisfacer sus apetitos gubernativos, creyendo mejorar la organización de la ciudad, incluso permitiendo que se manchasen las paredes de muchos establecimientos con propagandas «políticas» que daban un mal aspecto; debían ponerse a cavilar, al menos, sobre los problemas que acarrean el cambio climático en su localidad.

También trajo a su mente otro gran ejemplo, llevado a cabo en una provincia, que con motivo de celebrar aquel suceso tan importante como lo es la no contaminación, se sensibilizó a la población a través de pasacalles a cargo de entusiastas escolares. Entendió, sin duda alguna, que este tipo de acontecimiento debería ayudar a reflexionar a los ciudadanos que no saben aún que la contaminación del medio ambiente es una preocupación global.

Su vecino, el dueño de las aves, le manifestó que sería esencial hacer un acto de meditación, al menos en nuestras autoridades, puesto que la gente no posee una cultura ambiental, ni visión social, ni climática, aunque sea lamentable decirlo. Le comentó que muchos somos impermeables a las buenas ideas del presente, sin valentía para enfrentar las cosas; que aún estamos sumidos en una obediencia pasiva y seguimos siendo conformistas y faltos de vigor.

Por ello, anhelaba que las autoridades que rigen y gobiernan el pueblo de Las Orquídeas y el distrito de Nuevo Resplandor se hicieran un acto de contrición, contribuyendo, al menos, a sensibilizar a la población.

Llegó a casa, y antes de cerrar los ojos para descansar de tan agotadora jornada, dio las buenas noches a sus dos hijos y se interrogó para sí mismo: «¿Cómo podría desinfectar y aromatizar mi ciudad de tanta basura y todo tipo de contaminación? Nos falta mucha cultura y conciencia ambiental».

Abandonar el oficio de reciclador sería para él retroceder hacia el salvajismo y la barbarie. Tenía también la idea de pertenecer a un gremio de su comunidad para mejorar su pueblo, «su barriada» decía él.

—Las Orquídeas es un buen nombre que tiene mi barrio, pero no tiene ninguna orquídea. No hay jardines pomposos. A propósito, ¿quién le puso ese nombre al pueblo?

El pueblo se llamaba Las Orquídeas y pensaba darle ese sello. Pensó: «Mañana iré a visitar mis colegios de primaria y secundaria para proponer un proyecto de implantación de bellos jardines».

Tenía en mente ese proyecto, y a la mañana siguiente estaba decidido ir a las instituciones educativas donde cursó estudios; pero, al despertar muy temprano, su mujer le dio un beso y le comunicó:

—Te tengo una buena noticia.

—Yo te tengo otra, Rebeca —le dijo a su esposa.

—¿Ah, sí? Después me la dices, porque te cuento que ayer vino el señor Ramiro y me comunicó que tiene un puesto de trabajo para ti. Dice que te presentes, si es posible, hoy mismo a la oficina del señor Meléndez.

Rafael se sorprendió.

—Y ¿por qué no me dijiste ayer?

—Te vi muy cansado.

Al instante se bañó, se vistió, desayunó y fue en su búsqueda. Dialogó con el señor Meléndez, con él reafirmó su compromiso y su postura de que el objetivo del reciclaje es mejorar la calidad del ambiente y preservar la salud de las personas. Se enteró que la municipalidad del distrito Nuevo Resplandor utilizaría bolsas azules para que los recicladores, con una indumentaria también de color azul, recorrieran, en vehículos recolectores y en determinados días, el caluroso distrito de su ciudad.

Renunció a la empresa particular donde era reciclador primario de residuos sólidos. Ahora se convertiría en el organizador y controlador de ese servicio.

—Ya, Rebeca. Me dieron el puesto —dijo, muy contento.

—¡Qué alegría! Ven. Te he preparado tu rico ceviche de Jurel —manifestó su esposa.

Ya en la mesa, con sus dos hijos y esposa, Rafael cuenta todo lo referente al trabajo con lujos de detalles. Su mujer, extasiada y contenta, saboreaba las confidencias de su amado compañero, mientras él, al hablar, saboreaba las picantes presas de aquel jugoso ceviche. Rebeca le dijo:

—Ese día que te di la noticia me ibas a decir algo.

—Ah, sí. Quería decirte que pensaba implantar jardines, coordinando con los directores de «mis colegios».

—¿Pensabas? O sea, ya no.

—Es decir, ahora más que nunca lo voy a hacer, pues coordinaré con mi jefe y el alcalde. Será un proyecto grande, un megaproyecto, mujer, y ¿sabes por qué?

—¿Por qué?

—Pues porque se me ha prendido el foco. Plantearé la idea de sembrar árboles y jardines en los pueblos jóvenes, así como los hay en las urbanizaciones. No sé, pequeños vergeles en las plataformas, un proyecto en donde los vecinos planten y monten jardines. Quizás motivarlos a través de concursos. Claro, para ello se les dará un premio.

—No sueñes, Rafa. Recién vas a empezar a trabajar allí y ya estás abarcando mucho.

—No, mujer. Con fe, compromiso y responsabilidad se logran grandes cosas. Es verdad que no estudié una carrera. Fui un poco vago en la secundaria, pero ya ha pasado mucho tiempo de eso y el hábito te enseña. Uno al final aprende. No conozco mucho de ciencia, pero la experiencia me ha enseñado. Con Ramiro, que allí trabaja, y con el señor Meléndez, que es buena persona y un ducho en la materia, haremos la propuesta al alcalde, la cual se podrá realizar, creo yo.

—Bueno, te deseo lo mejor —agregó Rebeca.

Rafael empezó su nuevo trabajo de oficina. No era difícil, solo seleccionar, controlar y organizar al personal para el reciclaje respectivo y, de vez en cuando, inspeccionar en el recorrido. El horario de trabajo era de siete de la mañana a cuatro de la tarde.

A fin de mes le vino su pago por planillas. Lo primero que hizo fue comprar víveres y adquirir un celular, con una tarifa de 29.90 mensual, en donde le ofrecieron servicio de internet móvil, incluido WhatsApp y Facebook. El celular de teclas que tenía se lo proporcionó a su mujer.

Cada mañana se levantaba más temprano para irse a laborar. No tenía título profesional, solo había presentado tres requisitos: DNI, fotografía actual y la experiencia de haber recorrido calles para recoger enseres. Estaba aún pendiente la presentación de los certificados de estudios secundarios.

—¡Miénchica! Ahí verán mis calificativos. No importa, Meléndez y Ramiro ya deben saberlo.

Las ideas propuestas al Sr. Meléndez y, de hecho, la recomendación de Ramiro, hicieron que lograra ese puesto de trabajo.

Una tarde su esposa le dijo:

—Rafa, ayer vinieron tres señores. Dijeron que estudiaste con ellos.

—¿Quiénes?

—Por acá apunté sus nombres, creo. Espera.

—A ver.

—Gabildo, George y Arlindo, se llaman.

—Anda, que sí. Y ¿qué dijeron? —se sorprendió y se alegró.

—Me pidieron tu número. Yo no se los di, pero uno de ellos me dejó el suyo. Dice que lo llames.

Rafael sabía quiénes eran. Se puso contento y enseguida marcó aquel número, le contestó Arlindo. La idea fue la conformación de un grupo de WhatsApp para reclutar todos los números de los excompañeros de quinto «B» y algunos de quinto «A» del colegio «Sempiterno Favor» para después reunirse. Era la iniciativa de estos tres compañeros para compartir momentos de algarabía y recordar pasajes de la época secundaria. Rafael estuvo de acuerdo. Se habían registrado por lo pronto a diez de ellos.

—Anéxame —le había dicho a Arlindo.

Las listas de las secciones de quinto «A» y quinto «B» de aquella época las había adquirido George. Él era conocido por las autoridades académicas actuales de aquel colegio. Vivía cerca. Se enteró o recordó que algunos de sus excompañeros se habían cambiado de aula en el último año. Supo que algunos de ellos ya no vivían por la zona o alrededores del colegio; es por eso que, a través del WhatsApp, mediante lo virtual, se iban agregando y publicando ciertas disposiciones.

Inicialmente, los que conformaban el grupo de WhatsApp eran los siguientes: George, Gabildo, Arlindo, Emmanuel, Rafael, Catalín, Oswald, Frank, Eduvino y Riqui.

Luego se fue sumando Milagritos, Sofía, Fresalinda, Alexandro, Heráclito, Felícito, Leonardo, Jorgito, Juanca y Milson.

No todos se comunicaban, es por eso que se estableció una reunión de confraternidad en casa de Gabildo, invitándose a cuatro exdocentes: la profesora Mariana, el Profesor Rojas, el maestro Minga y el popular profesor Mogollón.

La cuota para celebrar tan digno acontecimiento y pasarla de lo más lindo fue de cincuenta nuevos soles. Allí asistió gran parte de la promoción de quinto «B», también Rafael y Alexandro, que en su oportunidad fueron cambiados a quinto «A». Bailaron, bebieron y comieron de lo más sabroso.

De todas esas reuniones, la que más le agradó a Rafael fue la de un viaje a una hermosa ciudad llamada Morropón. Nueve de ellos se marcharon rumbo a esa linda y agradable ciudad en la camioneta de Gabildo. Tanta fue la satisfacción de aquella excursión que uno de los viajeros, Emmanuel (ahora escritor), compuso el siguiente relato para satisfacción de todos sus compañeros. Aquel texto lo epigrafió como «Un tal Domingo»: «Íbamos por las llanuras de aquellas chacras pródigas y tupidas de portentosos árboles, en cuyas ramas colgaban apetecibles frutos, con la finalidad de alimentarnos de la belleza natural, ¡cuán gratificante nos pareció aquel panorama, donde no habita la contaminación ambiental, en esta parte de la metrópoli! Haciendo un paralelo, deliberamos sobre la alarmante contaminación del medio ambiente que existe en "Piura ciudad" a través de la revolución industrial, el uso de la tecnología, la tala de árboles, el humo de motores de autos, los humos de cigarrillo y los desperdicios a diestra y siniestra por de parte de ilusorios pobladores que emponzoñan el ecosistema. Recordamos que antes de llegar a la parcela en la excelente "Poderosa" (camioneta de Gabildo), reparábamos en señoras prodigando amor a través de sus voluptuosos pechos a pequeñas criaturas que, empedernidamente, succionaban aquellos pezones dúctiles, tratando de sustraer el néctar vital que permita su supervivencia.

»Ya en la espesura de la maravillosa frondosidad, a lo largo y ancho del camino revoloteaban las abejas, produciendo su rica y exquisita miel. Aquellos árboles frutales sonreían ante la presencia de gozosos y aventureros hombres de caminos (antaño mozalbetes) que, impasibles, recogían los apetitosos frutos, claro está, con el permiso del dueño y a la vez del custodio de aquellas exuberantes chacras.

»Los que trajinábamos por estos hermosos lugares campestres éramos nueve entusiastas guerreros, excompañeros de la secundaria y ahora amigos. En ese inquietante recorrido, los rayos solares caían ansiosos sobre la faz de la tierra, como queriendo arrancarle de su vientre gemidos y alaridos propios de una hembra en celo. Ansiosos también estábamos nosotros, al transitar por aquellas arenas candentes, y motivados por una sensación de regocijo, de satisfacción, de relajación y, por supuesto, anhelando analizar el entorno natural de aquella villa. Fijábamos la mirada, por otro lado, en árboles desvestidos por el viento, en alguno que otro pajarillo revoloteando en las ramas de eucaliptos, algarrobos o papayos, como tratando de darnos ánimo y valor con su canto, para salir airosos de tan bello y estupendo paisaje. Por nuestra mente pasaban imperecederos momentos vividos en la época de escolar, y hoy las redes, como una creación divina, se encargan de unirnos para recordar, para volver a vivir aquellos años portentosos, para solidarizar y, desde luego, para servir al prójimo. Es así que haciendo un alto a las labores cotidianas, nos empolvamos, nos pusimos mugrientos y cárdenos por las aguas no tan diáfanas del río y por los rayos del sol, empapándonos de la naturaleza con aquella indumentaria mustia, añeja, incolora, llevando puestas un par de sandalias que sellaban nuestros pasos, o quizás íbamos descalzos, vistiendo bermudas con nuestras respectivas gorras, sombreros o yoquis. Y, de hecho, después de un ligero descanso, saboreábamos una sopa de novios, un caldo de gallina, un ceviche de caballa o el tradicional seco de res, acompañado de unas cervezas bien heladas. Así recordamos sin inhibición, abrazando la naturaleza. Ahora que ya se acerca el verano con el ya consabido tema del calentamiento global, sin duda alguna, volveremos a estos lugares reconfortantes para embelesarnos nuevamente, lejos de la profanación climática. Esa excursión y reminiscencia que sostuvimos

Gabildo, George, Oswald, Eduvino, Frank, Milson, Arlindo, Rafael y yo al interior de la ciudad será sempiterna, perpetua y a la vez inolvidable. Gracias por este momento, queridos promociones».

A Rafael le encantó aquel relato compuesto por Emmanuel. Se sintió identificado puesto que a él le agradaba la lectura de textos literarios.

Posteriormente se añadió al grupo de WhatsApp a Edgardo y Eduardino. Al ver que la pasaban de lo más agradable, los exsempiternos determinaron congregarse periódicamente.

Fue también un domingo de un caluroso verano del mes de enero del 2020, justo después de haber sufragado en las votaciones sobre las elecciones congresales, que se reunieron en casa de Eduardino. Allí evocaron las más bellas remembranzas de la época escolar. Empezaron a recordar y contar una serie de travesuras, anécdotas y chacotas, mientras saboreaban los suculentos platos de ceviche de caballa y libaban las refrescantes cervezas bien heladas.

En aquel compartir, Rafael se enteró, después de treinta y dos largos años, que la fiesta de promoción de quinto año «B», donde él quiso estar, celebrar y culminar con ellos, se llevó a cabo a dos cuadras del lugar donde se realizó la suya, su fiesta, la de quinto «A». Fue en el local de la Confederación de Honorarios Propietarios, ubicado en El Parral, una zona de Piura, donde los sempiternos promocionales compartían su mundo con algarabía. Rafael estuvo tan cerca, que, si lograba enterarse, se hubiese acercado.

—Si hubiese sabido, me quitaba para allá —le contaba a Edgardo.

Se enteró que al siguiente día de la fiesta de promoción de quinto «B», asistieron al denominado «corte» en una picantería llamada Los Giramares.

Se enteró también, por parte de Edgardo, que el nombre de la promoción se denominó «Santín Antonio de Manolo», y que en el viaje a Chiclayo compraron un equipo de sonido pequeño para obsequiarlo al colegio, producto de los ahorros de la promoción.

Edgardo les hizo recordar sobre el desfile en la Av. Cholo con Canas, donde lograron pasar de fase para desfilar en el centro de la ciudad y competir con otros colegios, logrando ganar el primer gallardete para la institución educativa.

—Puta, le ganamos al San Misael. A ese colegio que nadie le ganaba —les recordaba Edgardo.

Conmemoraron momentos cuando conseguían escaparse, yéndose a la esquina a sentarse en una pared baja y dejar pasar el tiempo hasta que culminara la jornada académica y retirarse a sus hogares. Traían a su mente al pueblo de Nueva Ilusión, donde apreciaban los candentes encuentros deportivos, trepándose a las paredes, y observaban las broncas que se presentaban dentro, en donde no se respetaba ni al juez de línea.

Gabildo rememoró anécdotas, como el rodar una tremenda llanta de camión en la cual se introducía, para llegar todo sudoroso y atemorizado a su casa; o cuando trepaban al árbol para bajar guabas, carnosas frutas peruanas. Milson recapitulaba palomilladas al contar las subidas y montadas en las famosas «carretitas», donde una vez se lastimó cierta nalga. «Vamos a "matar chupitas" y "cazar palomas"», eran las frases que los identificaban.

Revivían aquellos santiamenes como niños traviesos, y es que ellos llevaban un niño por dentro. El niño de la ilusión, el niño de la esperanza, el niño de las mejores épocas, en donde no existía la tecnología sofisticada; donde alquilaban y leían en las esquinas las revistas de subliteratura que estaban de moda, aquellas historietas y cómics que hoy ya no se encuentran así nomás. Echaban un vistazo a «Archi», «Capulina», «Aniceto», «Hermelinda», «Batman», «Kaliman» y «La Zorra y El Cuervo»; renacían instantes en donde no había tanta delincuencia y en donde los valores eran patentes en ciertos ciudadanos, como cuando alguien se subía al micro y cedía el asiento a una persona mayor, o cuando un mozalbete pasaba por las avenidas y a pesar de su travesura sana, saludaba a los abuelos.

Momentos como jugar al trompo, rodar la llanta, saltar la soga, jugar al yoyo, mojarse unos a otros, montar triciclos, jugar al «ñoclito», «matar chupitas», jugar a la «empuñada», al «ampay» o «que pase el rey», saltar a la rayuela, bajar guabas y volar cometas quedarían en la mente y el corazón de estos exescolares que le rendían culto a su época de estudiantes. Las reuniones sociales que sostenían hoy en día vivificaban los momentos de aquellos años inolvidables para la promoción.

George y Rafael entendieron que «recordar es volver a vivir», y manifestaron que aquella etapa escolar quedaría en el pasado, como muchas otras etapas escolares de muchos estudiantes a través de la historia del Perú y el mundo entero. Comprendieron que la nueva época se denominaba «sociedad del conocimiento» y, en consecuencia, las tecnologías de la información y de la comunicación se desbordaban y avanzaban a pasos agigantados. Entendieron que lo virtual lo subyugaban en el siglo XXI. Están convencidos de que todo escolar formaba parte de una nueva generación.

A partir del nuevo trabajo que Rafael poseía en oficina, no recorría ya diariamente las calles, pero sí subía, de vez en cuando, al camión recolector, para verificar ciertas acciones de los operarios.

Se transformó en un reciclador de plataforma. Se convirtió también en un reciclador de emociones, y sobre todo de buenas actitudes. Quería transformar su pueblo, implantando jardines en las instituciones educativas donde cursó estudios primarios y secundarios; deseaba sembrar árboles por las calles; anhelaba edificar jardines en parques y avenidas. Tenía la esperanza de que algún día lograría todo ello.

Su esposa y su hermana Azucena, que cada cierto tiempo lo visitaba, lo admiraban, porque sentían que poseía deseos de superación, porque creían que nunca era tarde para aprender, porque amaba a sus hijos y porque poseía virtudes y ganas de transformar su ciudad.

Por otro lado, sus compañeros también se habían convertido en recicladores, pero recicladores de amistades, al recuperar a sus antiguos compañeros de aula, al seleccionar y reutilizar los mejores momentos compartidos en la época secundaria, al recolectar virtudes y transformar antivalores en valores, como la solidaridad, el amor y el respeto.

Cada uno de ellos («promo», suelen decirse), estaba encantado de volver a reunirse después de treinta y dos largos años. Unos eran profesionales, otros, trabajadores empíricos.

Tan luego hubo concluido la reunión en casa de Eduardino, «reunión chupística», decía George, se marcharon a sus hogares.

Todo marchaba de mil maravillas. Seguían comunicándose por redes sociales de manera interdiaria para hacer planes, pero una mañana Rafael cayó de bruces, cuando su esposa le dijo, un poco impacientada:

—Rafa, se está corriendo por la televisión la noticia de un virus, el coronavirus, le llaman, creo.

—Sí, mujer. La noticia también se está difundiendo por redes sociales. Pero no te preocupes, todo tiene solución.

—Se inició en China, así dicen en la tele, y se está esparciendo a otros países.

—Uhmmm. No creo que venga por acá, eso pasa en Europa —le contestó Rafael.

—Asia, Rafa. China queda en Asia —corrigió Rebeca.

—Sí, mujer. Digo que *hacia* los países de Europa, nomás, avanzará. Allí se quedará.

—Ya me asusta eso, porque dicen que se ha extendido a Italia, Alemania y España.

—Claro. Los gobiernos ya están tomando medidas, se están suspendiendo los vuelos.

El país y el mundo entero estaban siendo víctimas de una pandemia. El virus que se originó en una ciudad de China, inexplicable para muchos, ya se había propagado también a los países latinoamericanos. Por primera vez en su existencia, el reciclador experimentaba la presencia de una epidemia a nivel mundial. Mucha gente se impacientó. El Perú cayó en déficit.

La educación, salud y economía, considerados los pilares del desarrollo de un país, se vinieron abajo. Por más que el gobierno central adoptó medidas para evitar la propagación del virus y el contagio y fallecimiento de muchos seres humanos, el enemigo invisible no era el real inconveniente. Rafael y mucha gente pensaban que el mayor conflicto contra el que debía luchar el gobierno central es la misma ignorancia de ciertos ciudadanos y la corrupción, que circulaba como pan caliente.

En algún momento pensó, analizó y reflexionó: «El mundo está estático, la barca parece hundirse, cunde la desesperación y el pánico, se debilita el sistema económico, se inunda nuestra mente de dudas y preocupaciones. Pero tengo fe. No hay mal que dure cien años, la barca no se hundirá».

Advertía que mientras la tristeza invadía a muchos paisanos y compatriotas, las aves volaban libre y alegres por el aire; mientras las penas se instalaban en la vida de la gente, las plantas reverdecían y los jardines florecían; mientras el miedo abrazaba a ciertos ciudadanos, el sol sonreía, el viento silbaba y la luna y las estrellas entonaban una melodía inmensurable.

Se decía que quizá la plaga que acechaba en ese momento al mundo no era la más destructiva, que solo era un enemigo oculto y cobarde, que con inteligencia y responsabilidad podría ser vencido. Reafirmaba que la calamidad más destructiva era la ignorancia del ser humano que con sus guerras, sus vanidades, su ostentación al poder, su pseudosabiduría y su estupidez, creía gobernar la vida de los demás.

Se interpelaba: «No temas, hijo de Dios, que volverá la calma. Oraré por los caídos y me cuidaré más seguido. Deberíamos ser más compasivos y libres, como las aves; más generosos y vigorizantes, como el sol y el mar; más comprometidos con la bondad, con la solidaridad y con la honradez. Sé que sonarán nuevas melodías y destellarán los valores. Deberíamos de tratar de hacer de la adversidad una oportunidad para ser mejores».

Recién sentía la ausencia de sus padres y decía para sí mismo: «¡Qué lindo sería traer de regreso a alguien del cielo! Me imagino un día con ellos. Solo un día, una última vez, para darles un fuerte abrazo, escuchar su voz nuevamente, tener otra oportunidad para decirles que los quiero. Los extraño, los amo. Uno, cuando es chibolo, no valora el esfuerzo de los padres. Ahora sí, me cuesta conformarme con sus recuerdos, necesito viajar al pasado para subsanar errores que los hicieron sufrir. Miro hacia las estrellas, hacia la luna, hacia las nubes, hacia el infinito, y me pregunto "*¿en qué* avenida del firmamento estarán?" o "*¿en qué calle del limbo se situarán*?" No creo que estén en lo que la sociedad llama infierno, porque el infierno, creo yo, es esta situación que vivimos los seres humanos en la tierra, desde todo ángulo. El infierno lo construimos nosotros, los ciudadanos. *Sé que* ellos están en mi corazón. *Sé que me cuidan*. A veces lloro en silencio, pero la mejor forma de superar su ausencia es recordar sus rectitudes y sus sonrisas. Ellos no nos dejan. Los padres son eternos».

Ante tanta desesperación, el gobierno decretó un aislamiento y toque de queda que inicialmente duró quince días, pero que debido a la gran cantidad de contagios se extendió a seis meses. Su esposa, Rebeca, y muchos ciudadanos vivían en zozobra, angustiados; se cuidaban, se protegían, acataban las normas gubernamentales; sin embargo, hubo un gran porcentaje de pobladores en Piura y en el Perú que hacían caso omiso. Eran seres irresponsables. Mucha gente se enfermaba, algunos se curaban, otros fallecían. El número de contagios aumentaba. Piura era una de las ciudades más insensatas que existía en el mapa del Perú. Rafael pensaba y analizaba la situación:

«Aparte de ser temerosos, ingenuos y estúpidos, somos irresponsables al no pensar en el prójimo. Mucha gente sale a las calles por cualquier sandez, sabiendo que solo se debe salir a la farmacia, bancos y mercados, esporádicamente o cuando realmente sea necesario. No nos damos cuenta de que al hacernos "los vivos" le faltamos el respeto a los médicos, enfermeras y a la policía. Les quitamos el tiempo que puede ser para otras acciones que merecen mayor dedicación. Y ¿cómo quedamos ante la sociedad? Allí estamos después, pidiéndole a Dios que nos cuide, que nos perdone, que nos proteja. Lo invocamos solo en las dificultades y necesidades, le pedimos que nos libre de todo mal, pero ¿qué le damos? ¿Qué le ofrecemos? El Señor está en la gente que sufre, en el rostro de un niño y un anciano. Quizás no podemos darle a esa gente unas monedas, pero sí un pan; tal vez no podemos darle dinero, pero sí un consejo; de repente no podemos darle plata, pero sí un plato de frijoles; o no podemos darle un billete, pero sí una oración hacia Dios. Hay tantas maneras de agradar a Jesús. El mundo está dividido en dos planos: el terrenal y el celestial. Desde el punto de vista celestial o divino, puede que hoy haya un mensaje, puede que Dios esté enojado. Con fe saldremos de esta pandemia. Pero ¿después qué? Es una oportunidad para cambiar. Somos humanos, tenemos errores, pero se trata de subsanarlos. No busquemos a Dios solo para pedir, se le debe buscar también para agradecerle y agradarle. Él está en el rostro de los seres humanos más indefensos, destellando inquietudes. Después de que pase la tempestad deberíamos buscar al Señor y pedirle parte de su cerebro, para pensar las cosas con amor y actuar con idoneidad y responsabilidad. Después de que culmine la tempestad, solicitarle parte de su boca para no hablar mal de los demás y no verter comentarios falsos. Cuando pase la tempestad, los ciudadanos debemos pedirle sus ojos para mirar las necesidades de los demás, prestarle sus manos para ayudar en la medida de las posibilidades, requerirle sus pies para andar por buen camino. Cuando pase la tempestad, aspirar a tener su corazón, para no actuar con venganza, odio, ni resentimientos. Aun así, ante esta difícil situación, te pedimos señor, que nos bañes con tu sangre, escóndenos en tus llagas y defiéndenos del maligno. Amén».

—¡Qué pena no poder reunirnos, muchachos! —había escrito Oswald al WhatsApp grupal.

—Ya vendrá la calma. Ya pasará —contestaban algunos.

—Oe, Edú. ¡Puta, me aburre el toque de queda! —escribió Juanca.

—¿Qué vas a saber tú lo que es un verdadero toque de queda? —le contestó Arlindo—. Esto no es nada, comparado con lo que vivimos en la década de los ochenta. Allí, huevón, ¿qué ibas a soportar? No se podía salir pa' nada, porque si lo hacías, los cachacos te metían un plomazo. En la TV no se daban los programas *basura*, donde ciertos babosos hoy abogan por ti, si es que un tombo te maltrata.

—¡Pucha! En esa época se sufría de verdad —participó George—. Nuestros padres, con un carajazo o un patadón en el culo, nos hacían entrar a la casa. No existían las redes sociales. Al menos hoy tienes un celular con qué entretenerte. En esa época, Juanca, si alguien no volvía a su casa temprano, no sabían cómo comunicarse con él, ¿acaso no recuerdas?

—Había muchos apagones, explotaban bombas por todos lados. Hoy muchos se la dan de «vivos». No solo es asesino aquel que incrusta un puñal, lo es también aquel que, conociendo las normas, las incumple, al menos en esta situación —participó Gabildo.

—¿Cómo así? —consultó Juanca.

—Pues salen por ahí a verse con alguien, o salen para cualquier cosa, menos para lo estrictamente necesario... Y matan con el puñal de la indiferencia, poniendo en riesgo a otros —respondió Gabildo.

—Ajá, y el toque de queda se debía a problemas estrictamente sociales en esa época, el enemigo se llamaba terrorismo y también mataba. Ahora, el enemigo es invisible y como no lo vemos, nos importa un comino —envió un audio Arlindo.

—No recuerdo —escribió Juanca.

—¿No recuerdas? Lee, huevón. Culturízate. Tú y muchos solo se quedan en casa de a poquitos. No aguantan. Es por eso que a esto yo no le llamo toque de queda —argumentó Arlindo.

—¿Entonces?

—Le llamo «quédate un toque», solo un toque...

—Exacto, Arlindo —lanzó un mensaje Rafael—. El verdadero toque de queda debe ser todo el día.

Los exsempiternos se sentían un poco tristes, porque después de haber pasado treinta y dos largos años sin verse, volvían a reencontrase, pero ante este escenario complicado, las reuniones quedaron suspendidas.

El reciclador seguía pensando que nuestro país, al margen de la pandemia que lo acechaba y lo maltrataba al igual que a otras naciones, se había convertido en un rompecabezas difícil de armar; y dentro de las veinticinco piezas que posee, su localidad es una de las que no encaja, no por su ubicación geográfica y grandes producciones, sino por la capacidad de entendimiento y carencia de cultura organizacional de algunos de sus habitantes, gente irresponsable y llena de aspavientos y creencias ilusorias. Todo este análisis le traía a colación un artículo que leyó de su amigo Emmanuel, publicado en un diario en el año 2009, titulado «Mirad al cielo, lector», cuando, en ese año, se había presentado una epidemia de la gripe porcina, pero que fue superada; y eso le daba fuerzas y esperanzas en que esta pandemia actual también sería superada.

Al reactivarse ciertas acciones por la culminación de la cuarentena, luego de los seis meses, según el mandatario del Perú, los ciudadanos debían reinsertarse gradualmente a la sociedad, de una manera cuidadosa. Se promulgaba el «aislamiento inteligente». Ya todo dependía de uno mismo. Protegerse, actuar con cuidado y responsabilidad recaía en cada uno de los pobladores.

Rafael se sentía impotente, porque mientras gran parte de la población estaba distraída con los desórdenes sociales, tratando de sortear sus vidas, los concejales de saco y corbata del ayuntamiento nacional hacían de las suyas. Se enteró de los planteamientos o imposición de leyes, convenientes al confort de un grupo ansioso por el poder, que de alguna manera legislaban para satisfacer sus ansias de imperio.

Rafael se preguntaba de dónde diantres salían esos actores, que consideran al poblador como un ignaro, aunque ciertos sí lo fuesen.

En los años que tenía, nunca había visto algo semejante. Estaba seguro de que estos señores con sus disposiciones querían mantener contento al pueblo, pero, de alguna manera, atontado. Esas ligerezas le hicieron recordar una clase de literatura en secundaria, referente a la obra de López Albújar, en donde un viejo esclavo llamado «Ño Parcemón», con tal que le satisficieran el estómago, no le importó que su patrón hiciera lo que se le diera la gana, pero allí estaba José Manuel, el famoso «Matalaché», para impedirlo. Tanto fue así, que fue cambiado a otro lugar, para evitar el «contagio» de sus ideas y actos al resto de esclavos, evitando así la sublevación.

Mientras se hacía este análisis de la realidad peruana, Rafael recibió de Catalín un video por WhatsApp, concerniente a la situación que vive el mundo. Al recepcionarlo, comentó lo siguiente:

«Así es, promo. Muchos ciudadanos solo piensan en sí mismos, aún no son conscientes de la magnitud de la situación, porque les faltan neuronas, como nos faltaban a nosotros para las matemáticas, ¿recuerdas? Son seres irracionales, tienen el cerebro hueco, no entienden las tres palabras básicas terminadas en "cia": ciencia, experiencia y conciencia. Tuvimos y tenemos errores, promo, pero, creo yo, no de esta magnitud. ¡Qué irresponsables somos los peruanos!, aunque duela decirlo. Sé que deseamos la vacuna contra la COVID, pero debemos anhelar también la vacuna contra la estupidez. Debemos quitarnos, de una vez por todas, la mascarilla que nos cubre de la responsabilidad, y colocarnos la mascarilla contra la ignorancia».

Catalín le afirma, le consulta y se responde a la vez: «No solo acá pasa eso, aunque sí, somos los más indoctos en relación con otros países, pero ¿sabes en qué momento se jodió el mundo, mi estimado Rafa?... desde que apareció la humanidad».

«No creo. Somos hechos a semejanza de Dios. Con responsabilidad, conciencia y fe podemos salir adelante. ¿Qué nos queda? Ojalá algún día cambiemos todos, cambie la humanidad, para bien. Bueno, al menos yo tengo fe. Por lo pronto no me soltaré de la mano del señor. Él me dirá: "tú fe te ha salvado"».

«Que los pobladores cambien, lo dudo. Es decir, que algunos sean virtuosos, cultos y educados, lo dudo. Ante los ojos del mundo puede que nos vean como un circo lleno de payasos amaestrados. Por lo pronto, promo, nosotros debemos tener en cuenta la responsabilidad. Tengamos confianza, pero también seamos comprometidos. Y sí, claro que sí. Estoy seguro de que estos desagradables momentos desaparecerán. Y muy pronto, porque yo ahí sí tengo fe».

«Sí, promo. Yo también tengo fe. Todo esto pasará. Y cuando así sea, nos reencontraremos».

«Ajá. Claro, promo. Sobre todo para seguir reciclando momentos agradables de nuestra época estudiantil».

«Por supuesto, y acompañados, claro está, de un apetitoso ceviche con zarandajas».

En ese momento se dejó escuchar la voz del menor de los hijos de Rafael diciéndole:

—Papi, tu ceviche de jurel ya está servido.

—Te dejo, Catalín. Estamos en contacto —finalizó la conversación el reciclador.

Ser escritor es desnudar la realidad natural y social a través de la vestimenta vocabular

Manuel Rijalba Palacios

ÚLTIMOS TÍTULOS PUBLICADOS

Gritos en el silencio de la esposa de un pastor (Olinka Córdoba)
Pisando serpientes (Ricardo Celis)
El lado oscuro de la sombra y otros ladridos (José Baroja)
La tierra que la vio nacer (Jacqueline Hernández Medina)
Dios, la esencia y la verdad (Liz Huerta)
Seúl: Diario de un amor (Melina Fuenmayor Gotera)
Alas en el corazón (Cristian Moreno)
Un desvío desde la soberbia (Héctor H. Carbajal)
Antes de morir (Laura R. Bruzzese)
Todo va a estar bien (Jean Samira)
La maternidad en tiempos de coronavirus (Raquel Caspi)
Cuentos para soñar y no querer despertar (Arlis Milán)
Historia del balonpesado como deporte autóctono colombiano (Perea hijo, Murillo, Perea padre)
De vuelta al fogón. Descubriendo el calor de hogar en pandemia (Eslania Carrión)
Hay un lugar en el mundo (Jesús Huarhua)
El brillo de la vida (César Medina)
Encuentros con alienígenas en los Andes (Roger Idelfonso Huanca)
Amante. amor fugaz soledad perenne (OVI)

www.ingramcontent.com/pod-product-compliance
Lightning Source LLC
LaVergne TN
LVHW091322190726
843491LV00002B/527

* 9 7 8 6 1 2 4 8 3 4 5 4 7 *